ATTILIE,

TRAGÉDIE,

Publiée par M. DE LA CROIX.

1776.

DISCOURS
PRÉLIMINAIRE.

LIÉ depuis plusieurs années avec l'Auteur d'*Attilie*, dont le moindre mérite est d'avoir fait dans sa jeunesse une Pièce qu'aucun homme de goût ne désavoueroit, j'ai cru ne pas pouvoir détruire plus sûrement l'idée que quelques Gens de Lettres ont voulu, depuis peu, faire prendre de cette Tragédie, qu'en en donnant une nouvelle Edition.

Il y a plus de vingt-cinq ans que l'Auteur s'est éloigné pour jamais de la carrière du Théatre; il a mieux aimé consacrer ses jours à *Thémis* qu'à *Melpomène* : Si la Scène Française a perdu un Poëte, le Barreau a gagné un Orateur; il faut avouer que l'un est au moins aussi utile que l'autre.

Des Amis & des Confrères lui proposerent, il y a sept ou huit ans, de jouer à la campagne sa Pièce qu'il avoit oubliée; elle eut le succès que peut avoir une Tragédie représentée par des Citoyens honnêtes, qui ne sont point habitués à chausser le cothurne, qui ne cherchent que leur amusement, & se reposent bien davantage sur l'indulgence de ceux qui les écoutent, que sur leurs talens pour la déclamation théâtrale.

Il n'y a en général rien de si rare que de voir jouer passablement la Tragédie en Province, ou sur les Théatres de Société. Les *Mahomets*, les *Orosmanes* y ont peine à s'élever à la noble fierté des Souverains ; on ne s'est pas néanmoins encore avisé d'en conclure que M. de Voltaire fût un mauvais Poëte.

Attilie fut représentée une seconde fois ; & tous ceux qui l'entendirent, jugerent qu'il ne manquoit à cette Pièce que d'être rendue par des Acteurs exercés dans l'art de tenir le Spectateur attentif sous le charme de l'illusion.

Quoique notre opinion doive être assez indifférente au Public, nous ne craindrons pas d'assurer que la Pièce d'*Attilie* réussiroit sur le Théatre de la Nation. La versification en est pure & animée, la conduite sage ; & le sujet puisé dans la vérité de l'Histoire, n'en est que plus intéressant.

Loin qu'on puisse faire un crime à un Avocat de s'être appliqué à des Ouvrages de cette nature avant d'entrer dans la carrière qu'il a depuis parcourue, nous sommes persuadés que le Barreau ne sera jamais plus distingué ; que l'éloquence n'y sera jamais plus véhémente, plus digne de la Cour des Pairs, que lorsque les Poëtes, les Philosophes, ajoutant à leurs connoissances celles des Loix, viendront y déployer leurs grands talens. Malheur à celui qui regarderoit la culture des Lettres, comme incompatible avec l'étude de la Jurisprudence ; il ne seroit jamais ni un *d'Aguesseau* ni un *Montesquieu*; il ne remplaceroit pas les *Lemaîtres*, les *Cochins*; il ne nous donneroit point de Discours sur les Matières criminelles, tel que celui de Monsieur *de Servan*; ses écrits ne seroient que de tristes & froides compilations; la vérité n'auroit ni grâces, ni énergie dans sa bouche; il seroit diffus, traînant; ses cris importuneroient l'oreille, mais ne la captiveroient pas. Peut-être le mauvais goût lui donneroit-il quelques applaudissemens; il n'en seroit que plus à plaindre.

Aurions-nous quelque chose à envier aux Barraux d'*Athènes* & de *Rome*, si le grand *Corneille* fût venu se déclarer dans le nôtre le protecteur d'une famille malheureuse & opprimée; si *Racine*, qui peignit d'une maniere si forte & si touchante les malheurs de la France dans un Mémoire qu'exigea de lui Madame de *Maintenon*, eût quelquefois prêté sa plume à un innocent enchaîné?

L'Ordre des Avocats a eu l'honneur de voir dans son sein le plus sage des hommes, le modeste & brave *Catinat*. Puissent toutes les grandes vertus, tous les talens distingués, en venir augmenter l'éclat; ne s'y disputer que la gloire de combattre pour la vérité; n'y montrer de force que pour la défense des Loix, de zèle & de courage que pour repousser l'intrigue & les sollicitations de l'injustice; il sera alors encore plus respecté de tous les autres Ordres de Citoyens qui y viendront chercher & les lumières du ſavoir & l'appui de l'éloquence!... Emporté par des idées ſi douces, j'oublie de dire que la Tragédie d'*Attilie* fut imprimée en 1750 *ſans nom d'Auteur*, & que cette premiere Edition, quoiqu'inférieure à celle que je donne aujourd'hui ſur un des Manuſcrits faits lors des Repréſentations particulieres qu'elle a eues, fut néanmoins annoncée, avec éloge, par les Journaliſtes de ce temps. Le Jugement qu'ils en ont portés ſe trouve dans les Remarques hiſtoriques & critiques, qui ſont à la ſuite de la Piéce, & où j'ai hazardé quelques Conjectures ſur un Art qui pourroit produire les plus heureux effets dans un ſiécle fatigué de l'erreur, & qui ſaiſit avec tranſport la vérité toutes les fois que l'on a le courage de la lui préſenter.

J'ai cru qu'il étoit inutile de faire reparoître une Epitre dédicatoire adreſſée à une Femme de qualité qui n'eſt plus : « C'étoit mon eſſai (lui » écrivoit l'Auteur en parlant de ſa Tragédie) ce » ſera mon dernier effort. Vous ſavez mes réſolu» tions & mes devoirs : dans le feu de la jeuneſſe » & dans des momens de liberté, j'ai pu céder » aux attraits de la poéſie; attaché maintenant au » Barreau, je ſacrifie ce qui amuſoit le loiſir de » de mes inſtans à ce qui fit toujours l'objet ſolide » de mes travaux ».

Le Public sait si M. *Le Gouvé* a été fidèle à sa promesse. Pour moi, je remplis aujourd'hui à son égard, un devoir de l'amitié; quel est l'homme de bien qui m'en fera un reproche?

ACTEURS,

ADRIEN, Empereur Romain.

PLACIDE, Général des Armées Romaines.

ATTILIE, Fille de Placide.

MAXIME, Fils de Placide.

JUSTIN, Chef des Gardes Prétoriennes, ancien Ami de Placide.

PAULINE, Confidente d'Attilie.

ALBIN, Officier des Gardes.

GARDES.

La Scène est à Rome dans une Salle du Palais Impérial.

ATTILIE,

TRAGÉDIE.

ACTE PREMIER.

SCÈNE PREMIERE.

PLACIDE, JUSTIN.

PLACIDE.

JE n'osois espérer de les revoir jamais,
Ces portiques pompeux, ce superbe Palais.
Quel changement, Justin ! Tu le sais, ce lieu même
Vit réfléchir sur moi l'éclat du diadême.
Allié de Trajan, organe de ses loix,
Et l'ami de César, & l'arbitre des Rois,
De toutes les faveurs dispensateur unique,
J'étois environné d'un essaim politique
D'ennemis complaisans, d'humbles adulateurs.
Un revers démasqua tous ces fronts imposteurs.

Je tombe, l'on s'éloigne, on insulte à ma chûte:
Plus je suis accablé, plus on me persécute.
Dans des périls pressans, je me vois rappeller:
Les flatteurs près de moi vont tous se rassembler.
Mais un revers encor, Justin, tout m'abandonne.

JUSTIN.

Cher Placide, quel est ce chagrin qui m'étonne?
Le Sort n'a plus de traits à lancer contre vous:
Vingt ans d'un triste exil ont lassé son courroux.
Rome qui vous bannit, vous revoit plein de gloire;
Vous rentrez dans ses murs conduit par la victoire,
Et mêlant aux lauriers l'olive de la paix,
Vous vengez vos affronts par d'illustres bienfaits.
Exilé comme vous, le généreux Camille
Vint arracher aux fers sa gémissante Ville;
Comme lui, pour toujours vous reprenez vos droits.
Rome rougiroit trop d'être ingrate deux fois.
O Ciel! combien de sang avoit baigné nos plaines!
Les Barbares déja nous prèparoient des chaînes:
En vain il nous restoit des milliers de Soldats;
Il falloit une tête, on n'avoit que des bras.
Jours d'opprobre & de deuil! Votre gloire passée
Du Romain tout à coup a frappé la pensée.
Il parle de ces temps où, sur son front altier,
Chacun de vos combats ajoutoit un laurier:
Le Peuple à votre exil impute sa disgrace;
Tous les cœurs aussi-tôt ont volé vers la Thrace;
Et ce choix qui vous rend à votre dignité,
César le prononça, Rome l'avoit dicté.
A votre aspect, Seigneur, quelle chaleur rapide
A dans chaque Guerrier produit presqu'un Placide!

Le Romain sent alors tout ce qu'est un Romain :
La gloire, la vengeance ont embrasé son sein.
Il vole aux ennemis, qui s'étonnent, qui plient ;
Il les presse ; vingt fois les Daces se rallient :
Leur Roi tombe, & tout cède ; & les morts entassés
Arrêtent du vainqueur les pas embarrassés.
A peine rassuré sur sa triste frontière,
Le Dace, du Danube implore la barrière ;
Et, s'il s'est ennobli par notre lâcheté,
Il rentre en frémissant dans son obscurité.
Non, tu n'oublîras point ces exploits héroïques,
Rome, & tu leur promets des honneurs magnifiques.
Adrien va paroître : il comblera vos vœux.

PLACIDE.

Hé, je n'en forme aucun. Dans ces exploits heureux,
Je n'estime, Justin, que les biens qu'ils amènent :
Mes yeux regardent peu la gloire qu'ils entraînent ;
Et tous ces vains honneurs, par l'orgueil trop brigués,
A des hommes sans nom tous les jours prodigués,
Souvent même souillés entre les mains du crime ;
Ces frivoles honneurs que le vulgaire estime,
Je puis les mériter, & sais les mépriser.

JUSTIN.

De trop d'indifférence on va vous accuser.
Mais du moins, quand le Ciel à mes vœux vous renvoie,
Daignez ne point paroître insensible à ma joie.
Notre amitié, pour vous n'a-t-elle plus d'attraits ?
Autorisé jadis à lire en vos secrets,
Je vous vis, renonçant à nos loix florissantes,
Suivre du Dieu nouveau les enseignes sanglantes :

Malgré ce changement, nos cœurs étoient unis;
Je le désaprouvai, nous restâmes amis;
Je gardai le silence. Et quand d'autres prétextes
Couvrirent les complots des Tubérons, des Sextes,
Lorsque la calomnie, attaquant un Héros
Dont la haute fortune irritoit ses rivaux,
De Trajan trop crédule alluma la colère,
Vous força de chercher une terre étrangère,
Je vous restai fidèle encor dans le malheur.
On le sait, votre exil m'accabla de douleur;
Et pour vous secourir m'exposant à l'orage,
Je manquai de pouvoir, sans manquer de courage.

PLACIDE.

A tous les sentimens mon cœur n'est point fermé;
Je connois l'amitié; j'aime & veux être aimé,
Cher Justin: il est vrai, ta tendresse sincère
D'un empressement feint n'eut point le caractère;
Et lorsqu'aux faux amis je me vis immolé,
Arrosé de tes pleurs, je partis consolé.
Tu me suivois, Trajan te retint, & peut-être
Tes soins m'auroient rendu l'estime de mon Maître,
Si ce Dieu qui vouloit m'éprouver, m'affermir.....
Mais d'un funeste exil lassons-nous de gémir.....
Que ne le puis-je, ô Ciel! Occupé de ma gloire,
De mes maux que ne puis-je étouffer la mémoire!
Ah! l'on me loue, on m'aime, on m'envie, on me craint;
Qu'importe à ma douleur? Personne ne me plaint.

JUSTIN.

Qu'entens-je? & quels malheurs faut-il que je déplore?
Quand tout doit vous flatter, vous gémissez encore..

Je tremble. Vos enfans, votre épouse...

PLACIDE.

Ah! Justin!

JUSTIN.

Seroient-ils morts?

PLACIDE.

Hélas!

JUSTIN.

Ô désastre! ô destin!

PLACIDE.

Peins-toi mon désespoir. Jusqu'alors intrépide,
J'avois vu s'écrouler d'une chûte rapide
De ma vaine grandeur l'édifice orgueilleux.
J'avois vu triompher des rivaux furieux.
Ma fermeté vit tout, & n'en fut point émue;
Mais sous ces derniers coups elle fut abattue.
Las du jour, de moi-même, abhorrant l'Univers,
Je courus me cacher dans le fond des deserts.
Là, déja la raison, le temps, & plus encore
Les ordres souverains de ce Dieu que j'adore,
Sans bannir de mon cœur les ennuis, les regrets,
De ma douleur première affoiblissoient les traits.
Les Députés de Rome ont troublé mon asyle.
Je reviens; & l'aspect de cette ingrate Ville,
Mes antiques foyers, ces enceintes, la Cour,
Tous ces lieux, où les miens s'offroient à mon amour,
Des biens qui me flattoient me retraçant la perte,
Font saigner de ce cœur la plaie encore ouverte.
Déplorable famille! ô sang infortuné!

JUSTIN.

Vous me voyez, Seigneur, attendri, consterné :
Hélas ! de vos enfans l'image m'est présente.
Nés du sang des Trajans, leur noblesse éclatante,
Votre gloire, nos vœux eussent fait leur bonheur.
Et leur mère... je crains d'aigrir votre douleur,
Trajane, exemple heureux de vertus & de graces,
Qui d'un époux proscrit voulut suivre les traces....

PLACIDE.

Avant qu'en mon exil elle me rejoignît,
Dans sa route, Justin, le trépas l'atteignit.
Quel caractere affreux marque mes infortunes !
Tu vas entendre, Ami, des horreurs peu communes.
Trajane m'amenoit deux filles & trois fils;
Tu t'en souviens. La mort, la mort.. Ah ! je frémis...
Frappe à coups redoublés ma nombreuse famille.
Il ne me restoit plus qu'un fils & qu'une fille.
Étois-je trop heureux de les voir conservés ?
Pour des fléaux plus grands tu les as réservés,
O Dieu ! qui de ton trône entens ma voix plaintive...

JUSTIN

Renfermez, cher Placide, une douleur trop vive.
L'Empereur vient à vous : dans ce jour glorieux,
Ce seroit l'offenser de gémir à ses yeux.

SCÈNE II.

ADRIEN, PLACIDE, MAXIME, JUSTIN, GARDES.

ADRIEN.

C'EST donc là ce Guerrier, ce Romain respectable,
Des jeux de la fortune exemple mémorable :
Placide, notre appui, si grand par vos exploits,
Plus grand par vos malheurs, c'est donc vous que je vois.
Que n'ai-je pu hâter cette heure fortunée !
Trajan règnoit : Et moi, dans ma première année,
J'ose de son oubli rendre grace aux destins ;
Votre bonheur devient l'ouvrage de mes mains.

PLACIDE.

D'un Prince que j'aimois, j'honore la mémoire,
Seigneur, & son erreur n'altère point sa gloire.
Mais j'ai pu vous servir, j'ai rempli mes souhaits.
Heureux ! si me jugeant sur mes foibles succès,
D'un soupçon qui flétrit une foi toujours pure,
Votre équité, Seigneur, démêle l'imposture.

ADRIEN.

Que me faut-il de plus ? Mon Peuple est soulagé :
Le Rebelle est soumis, Adrien est vengé.
Aux yeux de l'Univers une victoire illustre
De ma gloire ternie a réparé le lustre.
Seul vous avez tout fait, ma voix l'a publié :
Vous étiez dans mon cœur déja justifié.
Je sais que votre nom, l'effroi de la Judée,
De Titus par vos coups la valeur secondée,
Votre heureux Consulat, la faveur de Trajan,

A la

Armèrent contre vous le lâche Courtisan.
Des délateurs enfin bravez le cri perfide :
Leur regne est expiré, c'est le jour de Placide.
Que tous vos ennemis, à vos pieds abattus,
Malgré leur haine, au moins respectent vos vertus :
Qu'ils sachent qu'un Romain qu'ils osoient méconnoître,
Est de tous les Romains le plus digne de l'être :
Soyez de mes bienfaits comblé dès ce moment ;
Vos dignités seront leur premier châtiment.

PLACIDE.

Je fus persécuté, sans doute ; & leur envie
Par les maux qu'ils m'ont faits devroit être assouvie.
Mais l'eussiez-vous pensé ? Moins agités, mes jours,
Dans cet exil si long, prenoient un libre cours.
J'étois à moi, Seigneur ; & dans ma solitude,
De l'oubli des humains je faisois mon étude.
Privé de tout, au moins je ne connoissois plus,
Ni les soins importuns, ni les vœux superflus.
Sous le débile toît d'un feuillage fragile,
Plus que sous les lambris, je reposois tranquille ;
Et dans ce calme enfin puisant la paix du cœur,
Au lieu de vains trésors, j'avois le vrai bonheur.

ADRIEN.

Un ciel plus beau, Placide, aujourd'hui vous éclaire.
Aux vœux les plus hardis portez votre ame altière ;
Vous serez étonné de votre propre éclat.
Jadis, pour consacrer un illustre combat,
Nos Peres du Triomphe établirent l'usage ;
Solemnité brillante, où le noble assemblage
De la pourpre, de l'or, des lauriers, des drapeaux,
La marche du Sénat, les aigles, les faisceaux,

Des captifs consternés les dépouilles flottantes,
Les Rois chargés de fers, leurs femmes gémissantes,
Tout l'immense concours d'un Peuple admirateur,
Egaloient presque aux Dieux l'heureux Triomphateur,
Qui, le front couronné sur son char de victoire,
Couvroit tous les Romains des rayons de sa gloire.
Ce spectacle pompeux, rarement les Césars
Ont permis que du Peuple il frappât les regards:
Il sembloit à leurs yeux intercepter peut-être
L'hommage & les honneurs réservés pour le Maître;
Mais je crois qu'il ne peut, en flattant la valeur,
Qu'embrâser nos Guerriers d'une nouvelle ardeur.
Qu'il revive aujourd'hui dans sa splendeur première.
Placide, c'est le prix qu'Adrien vous défère.

PLACIDE.

Quoi, Seigneur!

ADRIEN.

Je veux plus; écoutez mon projet:
Je n'en puis faire trop pour mon premier Sujet;
Je veux qu'à mon bonheur votre gloire s'allie.
A Sabine je fais succéder Attilie.
Un politique hymen vit captiver mes vœux;
Je suis libre : l'amour forme ces nouveaux nœuds.
Je n'ai dû, quand sur nous éclatoit la tempête,
Ni donner d'un hymen le spectacle & la fête,
Ni même combattant des refus affectés,
D'une Amante exiger des vœux précipités.
Tout est calmé par vous; par vous enfin je regne;
Le tems n'exige plus que mon cœur se contraigne,
Et d'un hymen si cher hâtant l'heureux moment,
L'empereur doit songer à couronner l'amant.
Au Temple dans ce jour je conduis Attilie.

Vous, cher Placide, après votre marche accomplie,
Quittant ce char pompeux déja dressé pour vous,
Aux pieds des Immortels vous vous joindrez à nous.
Là ces drapeaux, ces dards, ces armes glorieuses
Qu'au Dace ont arraché vos mains victorieuses,
Monumens jusqu'ici placés dans ce Palais,
Seront aux murs sacrés suspendus pour jamais.
Là le sang confondu d'une double victime,
Dans un seul sacrifice auguste & légitime,
Va faire hommage aux Dieux de vos succès flatteurs,
Et sur mon hyménée attirer leurs faveurs.

PLACIDE.

De ce grand appareil d'une gloire inouie,
Une ame ambitieuse a droit d'être éblouie.
Mais ce faste, où César voudroit m'associer,
S'il doit m'enorgueillir, doit aussi m'effrayer.
Du Monarque au sujet mesurez la distance.
Je redoute, Seigneur, tant de magnificence.
Il est bien d'autres prix; le plus noble de tous
Est de combattre encore ou de mourir pour vous.
Daignez me dispenser.....

ADRIEN.

A tant de modestie
Tant de vertu jamais ne se vit réunie;
Et ce refus si beau d'un bienfait mérité
Justifie à mes yeux ma générosité.
Mais montrez qu'un grand cœur, toujours plein de noblesse,
Triomphe sans orgueil, s'il souffrit sans foiblesse.

(*à Justin.*)

Va, cours porter mon ordre.

PLACIDE.

Ami, que faites-vous?

Non, je n'y souscris pas ; non, & le Ciel jaloux...

JUSTIN *à Adrien.*

Seigneur, puis-je parler ? Si vous daignez m'en croire,
Vous avez satisfait aux soins de votre gloire.
Vous offrez, il suffit ; c'est un bienfait de plus
D'une offre qui déplaît de souffrir le refus...

ADRIEN.

Pars. (*à Placide.*) Vous, cédez enfin. Si l'honneur semble extrême,
Je le dois à Placide, à l'Empire, à moi-même.
(*à Maxime.*)
Je le laisse en tes mains. Fais rendre avec éclat
Tout ce qu'on doit, Maxime, au vengeur de l'Etat.
Prends soin en même-tems d'avertir Attilie.
Rome m'appelle ailleurs. Parle, presse, supplie,
Commande : fais qu'enfin, reconnoissant, heureux,
Je remplisse en ce jour mon devoir & mes vœux.
(*Adrien sort.*)

SCÈNE III.

PLACIDE, MAXIME.

PLACIDE.

Qu'exige-t'on de moi ? Que j'aille au Capitole
D'un tribut sacrilége honorer une idole ?
N'ai-je donc combattu que pour autoriser
Le culte de ces Dieux que je dois mépriser ?
Ah ! j'appris à remplir des ordres légitimes :
Mais ma soumission ne se doit point aux crimes.
Je me trompe, ou je touche à mon dernier écueil,
Et ce char triomphal deviendra mon cercueil.

MAXIME.

Respectable Vainqueur, l'Empereur vous honore.

PLACIDE.

D'un triomphe honteux, d'un bienfait que j'abhorre.

MAXIME.

Le plus grand des mortels, Placide... est un Chrétien !

PLACIDE.

Oui, Seigneur, vous pouvez en instruire Adrien.
De son accueil flatteur la douceur excessive
A mis un juste frein à ma langue captive ;
Mais alors qu'il commande, un Chrétien sur ce point
Sans sortir du respect, parle & ne fléchit point.

MAXIME.

Pour un homme moins grand ce nom seroit funeste,
Je l'avoue ; Adrien le craint & le déteste.
Mais de votre valeur les effets sont trop beaux,
Et Placide Chrétien est toujours un Héros.
Croyez-moi cependant, il en est temps encore ;
Votre culte est secret ; prenez soin qu'on l'ignore ;
Et si vous rejetez les dons qui vous sont dus,
Près d'un maître du moins colorez vos refus.
Un prétexte innocent peut conjurer l'orage.

PLACIDE.

La feinte trop souvent est d'un coupable usage,
Et mon trouble bientôt aux yeux de l'Empereur
Traceroit sur mon front le secret de mon cœur.
A Trajan j'avois pu dérober ce mystère :
Alors il suffisoit aux Chrétiens de se taire.
Moins grand, son successeur les recherche avec art,
Les découvre avec joie & les juge au hasard.

Qu'ai-je à craindre ? la mort. Et pourquoi m'y soustraire ?
Mes malheurs & ma Loi me la rendent trop chère.
Je ne la fuirai point, lorsqu'elle vient s'offrir.
J'ai su vaincre pour Rome, & j'y saurai mourir.
Hélas ! des nœuds jadis m'attachoient à la vie.
Ils sont rompus.

MAXIME.

Vivez, Seigneur, pour la Patrie.

PLACIDE.

César prononcera : quelque soit son pouvoir,
Je saurai soutenir ma gloire & mon devoir.

(Il sort.)

SCÈNE IV.

MAXIME.

HAÏSSEZ-VOUS une ame & si belle & si pure,
Dieux ! puis-je le penser ? ma raison en murmure :
Protecteurs des vertus, si des siennes jaloux,
Vous condamnez Placide, il est plus grand que Vous.
Qu'il a su me toucher ! Dès que j'ai vu ce Sage,
De tous mes sentimens il a reçu l'hommage.
O charme séduisant ! Vertu, fille du Ciel !
Tel est sur tous les cœurs ton empire immortel.
Dois-je instruire Adrien ? Non, ce héros sincère
Dévoilera trop tôt un dangereux mystère.
Ah, je tremble pour lui, que César furieux..
Mais quoi ! s'il se soumet, s'il obéit.... grands Dieux !
C'en est fait : dès ce jour, adorable Attilie,
Dès ce jour je vous perds, un nœud cruel vous lie,
Un nœud que vous craignez, un nœud dont je frémis,
A cacher son ardeur mon cœur s'étoit soumis.

Deviez-vous l'ignorer ? hélas ! & dois-je encore
Vous porter l'ordre affreux d'un rival que j'abhorre ?
Quel parti ſuivre enfin ? Dans mon cœur diviſé
Sur un projet s'élève un projet oppoſé.
Ah ! ſervons mon amour & ménageons Placide.
Du moment de l'hymen le triomphe décide :
Annonçons ſes refus ; mais cachant ſes erreurs,
Sans hâter ſa diſgrace, éloignons mes malheurs.

Fin du premier Acte.

ACTE II.

SCÈNE PREMIERE.

ATTILIE, PAULINE.

ATTILIE.

CEsse de me vanter l'éclat du diadême :
De trop près mes regards ont vu du rang suprême
Et les trompeurs attraits & les tourmens réels.
Cent fois j'ai partagé ces chagrins si cruels
Qu'en secret dans mon sein vient déposer Sabine.
C'est peu de ces douleurs, on trame sa ruine ;
Le volage Adrien, par un sanglant affront,
Du bandeau des Césars veut dépouiller son front.
Fixeroit-il pour moi, dans des ardeurs nouvelles,
De ses feux passagers les erreurs infidelles ?
Ai-je pour l'arrêter de plus touchans appas ?
Et s'il paroît m'aimer, ne l'adora-t'il pas ?
Mais de tant de Beautés qu'on voit briguer sa flamme,
Je veux que tous les traits s'émoussent sur son ame;
Que libre de changer, mais constant dans sa foi,
Ses yeux fermés ailleurs ne s'ouvrent que sur moi :
Ah ! pourrois-je trahir ma tendre Bienfaitrice ?
Par un crime acheter le nom d'Impératrice ?
Du reste des mortels respectée à ce prix,
Je serois pour moi-même un objet de mépris.
Sabine est tout pour moi. Ravie aux fers du Dace,
Et conduite à ses yeux des confins de la Thrace,
Du jour qu'en mon berceau j'ai pu fixer son choix,
Quelle main m'a portée au rang où tu me vois ?

Et sa tendresse, hélas! lui deviendroit fatale!
Dis-moi, sans ses bienfaits serois-je sa Rivale?

PAULINE.

Non: mais son sort, Madame, enfin n'est plus douteux,
Et son superbe Epoux s'échappe de ses nœuds....

ATTILIE.

J'espère encor, Pauline, & sa vertu sans doute
Du cœur de cet Epoux peut retrouver la route.
Son titre est sûr au moins : pour tout dire en un mot,
Nièce du grand Trajan, le Sceptre fut sa dot.
Du dépôt le plus saint ravisseur infidelle,
La pourra-t'il chasser d'un Trône qu'il tient d'elle?
Quand de sa honte enfin je verrois tout l'apprêt,
Non, jamais cette main n'en signera l'arrêt :
Jamais d'un tel forfait l'instrument, la complice,
Je ne veux d'un ingrat partager l'injustice.
Qu'il ne se porte pas à cette extrêmité.
Tu connois de mon cœur la sévère fierté :
Tu sais que du devoir esclave scrupuleuse,
Et souvent dans mon zèle ardente, impétueuse,
Mon ame en un instant parcourt tous les excès.
S'il osoit d'un tyran concevoir les projets.....

PAULINE.

Loin de vous ce transport peut-être illégitime.
Mais je respecte enfin votre effort magnanime,
Madame, & plus le Trône étale de splendeur,
Et plus de vos refus j'admire la grandeur.

ATTILIE.

Tu m'applaudis, Pauline!.. Et si je m'interroge,
Je suis à mes regards bien peu digne d'éloge.
Le plus beau sentiment n'est-il point corrompu?

Ah!

Ah ! lâche, ma foiblesse aura fait ma vertu,
Apprends ce que je dois me cacher à moi-même.
Oui, ce cœur si constant, que blesse un Diadême,
Qui vantoit son devoir, que tu crois généreux,
Seroit peut-être ingrat, s'il n'étoit amoureux....
Mais je m'avilis trop ; non, cet amour, Pauline,
Ce malheureux amour m'est moins cher que Sabine ;
Et l'orgueil & le tems le pourroient étouffer,
Sans que de mes refus César pût triompher.

PAULINE.

Je n'en doutai jamais, à la reconnoissance
De ces nobles dédains vous devez la constance.
De ces feux cependant que vous croyez secrets
J'ai connu la naissance & suivi les progrès ;
Vous gardiez le silence, & je devois me taire.
Aujourd'hui puis-je enfin vous parler sans mystère ?
Madame, pardonnez à ma sincérité.
L'objet pour qui je vois votre cœur agité,
Cet objet si chéri, c'est Maxime.....

ATTILIE.

Maxime !

PAULINE.

Lui-même ; & sous ses pas vous creusez un abîme.
Quels noms près d'Adrien ! Rival & Confident !

ATTILIE.

Qui l'en instruira ?

PAULINE.

Vous. L'amour est imprudent.
Moi même je l'ai vu. Seroit-il un mystère,
Madame, pour des yeux qu'un autre amour éclaire ?
Non, oubliez Maxime, étouffez aujourd'hui
Un feu pour vous funeste & coupable pour lui.

ATTILIE.

Il semble, si j'en veux croire une voix secrete,
Qu'à le nourrir, ce feu, mon destin me soumette.
Ne nous allarmons point, Pauline, pour ses jours :
Sa victoire est cachée & le sera toujours ;
L'ingrat ne saura point interprêter mes larmes.

PAULINE.

Puisqu'il est insensible.....

ATTILIE.

En a-t'il moins de charmes ?

PAULINE.

Mais peut-il à vos yeux effacer Adrien ?
Connoissez-vous son sang ?

ATTILIE.

Connois-je donc le mien ?
Dans tous mes sentimens quelque délicatesse
Semble de ma naissance assurer la noblesse ;
Mais si mon cœur altier m'en flatte & s'applaudit ;
Ce qu'il ose me dire, à moi seule il le dit.
Peut-être en sa faveur Maxime a plus de preuves.
Si d'un injuste opprobre il souffrit les épreuves,
Si les fers ont touché sa généreuse main,
Mon amant, on le sait, nâquit libre & Romain ;
Et suivant de Trajan la dernière conquête,
Du Monarque du Tibre il garantit la tête.
La faveur de César en fut le juste prix.....
Aux malheureux enfin dois-je donc des mépris ?
Hélas ! mon premier sort fut l'image du vôtre,
Cher Maxime, & nos cœurs sembloient faits l'un pour l'autre.
Je l'apperçois..... ô Ciel ! combien m'éprouves-tu ?

SCÈNE II.

MAXIME, ATTILIE, PAULINE.

MAXIME.

Les Dieux justes enfin couronnent la vertu,
Madame, & l'Empereur, à ses sermens fidelle,
Au Trône des Césars aujourd'hui vous appelle.
L'Univers est tranquille, Adrien à son tour,
Veut, ainsi que sa gloire, assurer son amour;
Et dans ce jour pompeux où sa main magnifique
Récompense l'Auteur de cette paix publique,
Il voit pour lui, pour vous, des présages heureux.
Il emprunte ma voix pour vous offrir ses vœux;
Et lui-même bientôt plein du feu qui l'inspire.....

ATTILIE.

Ainsi je dois ma perte au salut de l'Empire.....
Et vous, Seigneur, & vous, trop sûr de m'irriter,
A ce fatal hymen vous venez m'inviter!
Hé quoi? pour m'annoncer & ma mort & son crime,
L'Empereur n'avoit-il que la voix de Maxime?

MAXIME.

Madame.... (*à part.*)... Ce transport m'étonne & m'interdit.
Qu'en dois-je présumer?

ATTILIE *à part.*

En aurois-je trop dit?

MAXIME.

Madame, j'obéis; mais cet ordre funeste,
Celui qui vous l'apporte, avec vous le déteste....

ATTILIE.

Vaine & fauſſe pitié ! Si vous plaigniez mon ſort,
Au ſoin de l'adoucir vous deviez quelqu'effort.
Qu'avez-vous fait pour moi ?

MAXIME.

Que pouvois-je, Madame ?

ATTILIE.

Vous pouviez d'Adrien combattre au moins la flamme ;
Lui montrer qu'à ſes vœux toujours je réſiſtois,
Si ce n'étoit aſſez, que je les déteſtois ;
De ſes premiers ſermens lui rappeller la force,
Et l'horreur du parjure, & l'éclat d'un divorce,
Et du ſang de Trajan les reſpectables droits ;
Careſſer ſon orgueil en condamnant ſon choix ;
Peindre une Epouſe au ſein de l'opprobre & des larmes ;
A mes foibles appas oppoſer tous ſes charmes ;
De ma naiſſance enfin montrer l'obſcurité,
Et pour mon intérêt trahir ma vanité.

MAXIME.

Moi, Madame ! pour vous, feindre un mépris coupable !
De ce honteux effort m'avez-vous cru capable ?
O Ciel ! étoit-ce à moi d'abaiſſer vos attraits ?
(*à part.*) Qu'elle pénètre mal mes ſentimens ſecrets !
Je l'avoûrai pourtant : ſans bleſſer votre gloire,
A vos yeux j'ai tenté d'enlever leur victoire :
Leur charme eſt trop puiſſant ; j'ai tout oſé ſans fruit,
Et ce que j'avois fait, un regard l'a détruit.

ATTILIE.

Mais j'ai cru que du Prince adorant la foibleſſe,
Vous-même aviez nourri ſa fatale tendreſſe.

J'ai cru qu'un courtisan, qu'un confident zélé......

MAXIME.

Quels reproches ! quels coups ! que j'en suis accablé !
Quoi ? moi ! de mon Rival j'entretenois la flamme !

ATTILIE.

Votre Rival ! Qu'entends-je ?

MAXIME.

Il est trop vrai, Madame :
Ma raison cède enfin au pouvoir de mes feux.
Vos froideurs, mon respect, un devoir rigoureux,
Irritoient mon ardeur, mais la rendoient muette.
De mon propre Rival j'ai paru l'interprète.
Pour servir ses projets, Dieux ! qu'il m'en a coûté !
Mais j'avois de vous voir l'heureuse liberté ;
Je pouvois plus souvent vous parler, vous entendre.
Hélas ! c'étoit trop peu pour l'amant le plus tendre ;
Pour un infortuné c'étoit un sort bien doux.
L'amour plus qu'Adrien me ramenoit vers vous :
Et tandis que sa voix prononçoit, je vous aime,
Mon cœur dans le secret le prononçoit lui-même.
Vous ne m'entendiez pas. Mais vos refus pour lui
Mêloient un peu de joie à mon funeste ennui.
Le malheur d'un Rival consoloit ma disgrace ;
J'espérois, sans comprendre où tendoit mon audace.
C'en est fait. Je n'attends qu'un horrible avenir.

ATTILIE.

Que m'avez-vous appris ?

MAXIME.

Vous devez m'en punir.

Vengez-vous.

ATTILIE *tendrement.*

Me venger !...

MAXIME *se jettant aux genoux d'Attilie.*

Je me livre à la joie.

ATTILIE.

Non : voyez l'infortune où nous sommes en proie.
Vous m'aimez.... je vous aime, & sans espoir tous deux
Nous trouvons la douleur dans les plus doux aveux.

MAXIME.

Ah, Madame !

ATTILIE.

Ah, Seigneur !

MAXIME.

Heureux jour !

ATTILIE.

Sort barbare !

MAXIME.

L'amour nous unit donc.

ATTILIE.

Le Destin nous sépare.

MAXIME.

Le Destin nous sépare ! Il est vrai, sa rigueur
A peine d'un instant me laisse la douceur.
Je vous ai pu toucher, vous daignez me le dire,
Madame, & ce bonheur m'enchante & me déchire.
Vous avez à choisir entre un Trône & mon cœur.
S'il vous faut accepter la couronne.... ô douleur !
Un désespoir mortel est tout ce qui me reste.
Si vous la refusez, mon amour trop funeste
Immole votre gloire à mes seuls intérêts ;
Il vous coûte un Empire, à moi mille regrets ;

Il nous livre au courroux d'un maître inexorable.
Tel est de cet amour le sort inévitable.

PAULINE.

Madame, on vient.

MAXIME.

C'est lui. C'est l'Empereur.

ATTILIE.

O Dieux !

Dérobons nos secrets & mon trouble à ses yeux.

SCÈNE III.

ADRIEN, ATTILIE, MAXIME, PAULINE.

ADRIEN.

MADAME, vous fuyez ! vous semblez interdite !

ATTILIE.

Et n'expliquez-vous pas & ma crainte & ma fuite ?
Ai-je dû soupçonner qu'aujourd'hui malgré moi,
Je vous verrois, Seigneur, disposer de ma foi ?
Je vais pleurer vos feux & cacher mes allarmes.

ADRIEN.

Quoi, Madame ?..

SCÈNE IV.

ADRIEN, MAXIME.

ADRIEN.

Elle sort. J'ai vu couler des larmes.
D'une vive douleur j'ai vu son cœur frappé.
Hé quoi ? jusqu'à ce jour me serois-je trompé ?
Ses refus s'annonçoient sous des traits moins sensibles.
Sont-ils donc bien réels ? Seroient-ils invincibles ?

MAXIME.

Le cœur n'obéit pas, vous le savez, Seigneur ;
La force le révolte, il cede à la douceur.

ADRIEN.

Que peut me reprocher cette ame trop altière ?
Que n'étois-je en effet moins tendre & plus sévère ?
Je l'aime, mais je regne ; &, malgré ses appas,
Adrien à ses pieds ne s'abbaissera pas.
Ah ! pour elle je n'eus que trop de déférence.

MAXIME.

A Sabine elle doit de la reconnoissance.

ADRIEN.

Elle en doit plus à qui daigne la couronner ;
Et toute amitié cède à l'honneur de regner.
Quoi ? de mon foible cœur le malheureux délire
Pour elle oubliant tout, met à ses pieds l'Empire :
Et l'ingrate me brave ! Et quels sont donc ses vœux ?..
Un soupçon s'offre à moi... Non ; il est trop affreux.

Non : Je n'ose penser qu'un autre amour l'engage.
Maxime, tu frémis... Tu ressens mon outrage.
Moi, j'aurois un Rival ! un imprudent Sujet
Auroit pu de mon choix me disputer l'objet !
Je veux la voir, l'entendre, apprendre de sa bouche
Le motif odieux d'un refus si farouche ;
Et de ses vains détours perçant l'obscurité,
Jusqu'au fond de son cœur chercher la vérité.

SCÈNE V.

ADRIEN, MAXIME, ALBIN.

ALBIN.

PLACIDE vous demande un moment d'audience,
Seigneur.

ADRIEN.

Ah ! quel obstacle à mon impatience !...
Qu'il se présente. Allez. Jamais un Empereur
N'a de la liberté pu goûter la douceur.

SCÈNE VI.

ADRIEN, PLACIDE, MAXIME.

PLACIDE.

SEIGNEUR, j'ose me plaindre. Aux portes Quirinales,
J'ai vu qu'on préparoit les pompes triomphales.
N'êtes-vous pas instruit...

ADRIEN.

Que je suis malheureux !
Maître du monde entier, tout résiste à mes vœux.
Il est donc vrai, Placide, & ma bonté vous blesse.
Mais de votre vertu dépouillez la rudesse.
J'ai parlé ; qu'il suffise. Il faut me respecter.

PLACIDE.

Apprenez tout, Seigneur, & daignez m'écouter.
Quand j'ai de ma Patrie embrassé la défense,
Mon cœur dans son devoir trouvoit sa récompense.
Soldat sans intérêt, Vainqueur sans vanité,
Vos dons de mes exploits blessoient la pureté.
Malgré ces sentimens, d'autres raisons plus justes
M'auroient fait respecter vos volontés augustes ;
Et Rome m'auroit vû, sur un char orgueilleux,
Triomphant des mortels, rendre hommage à ses Dieux.
Mais un Maître cent fois plus grand, plus redoutable,
Un Maître, des humains Monarque véritable,
Qui peut dans cet instant, par un jeu de ses mains,
Ebranler, renverser l'Empire des Romains :
Ce Maître qui vous donne & le Trône & la vie,
S'offenseroit, Seigneur, de ce triomphe impie.

ADRIEN.

Expliquez-vous. Quel est ce Maître impérieux ?
Au dessus d'Adrien je ne vois que les Dieux ;
Et de ces Dieux enfin vos succès sont l'ouvrage.
Qui d'entr'eux peut jamais en rejetter l'hommage ?

PLACIDE.

Que ces Dieux délaissés, que leurs temples détruits...

ADRIEN.

Qu'ai-je entendu ? Placide !

PLACIDE.

Apprenez qui je suis.
Je suis Chrétien.

ADRIEN.

Vous !

PLACIDE.

Moi. Daignez mieux me connoître.
Je suis Chrétien, Seigneur, & fais gloire de l'être.

ADRIEN.

Vous Chrétien ! Vous à qui j'offrois mon amitié,
A tout ce que je hais vous êtes donc lié !

PLACIDE.

Que l'équité, Seigneur, étouffe cette haine.

ADRIEN.

A cet infâme aveu, je m'en rapporte à peine.
Quoi ! Vous, Placide, vous, dont le cœur généreux
Sembloit de l'honneur seul sentir les nobles feux ;
Si sage dans la paix, & si grand dans la guerre,
De ces obscurs humains dont j'affranchis la terre,
Vous avez pu grossir le méprisable amas !
Vous osez adopter leur nom, leurs attentats !
Désormais je vous crains. Membre d'un corps rebelle,
Ami des factieux, serez-vous seul fidelle ?
Ah ! pourquoi veniez-vous secourir Adrien ?
Pour soutenir l'Etat, n'étoit-il qu'un Chrétien ?

PLACIDE.

Quand vous avez cueilli les fruits de ma victoire,
Vous en pouvez, Seigneur, détester la mémoire!
Mais témoin de mon zèle, & Vainqueur par mon bras,
Au moins par vos soupçons ne m'avilissez pas.
Un Chrétien dans son Prince honore son Dieu même;
Fuit l'erreur des Césars, défend leur Diadême;
Souffre leur injustice, & Soldat généreux,
Par eux persécuté, donne son sang pour eux.
Oüi, ma Loi, des vertus est une école auguste.
Parmi vous, je le sais, je ne suis point injuste,
La Vertu trouve aussi de zélés sectateurs.
Mais vos Dieux valent moins que leurs Adorateurs.
Rome, de l'Univers orgueilleuse Maîtresse,
De tes égaremens où t'a porté l'ivresse? . .

ADRIEN.

Respectez Rome au moins, & sa gloire & ses Loix.

PLACIDE.

Rome! Elle a sur mon cœur de véritables droits.
Elle fut d'âge en âge en Grands hommes féconde:
Jamais on n'égala sa science profonde
A combattre, à dompter, à régir les humains:
Les fruits de son esprit, les œuvres de ses mains,
Ses fastes immortels remplis de faits sublimes,
La beauté de ses Loix, & jusqu'à ses grands Crimes,
Laisseront de son Peuple aux siècles à venir
D'un Peuple de Héros l'éclatant souvenir.
Mais quel nuage enfin obscurcit tant de gloire?
O tache! ô traits honteux d'une brillante histoire!
Quoi? De songes grossiers l'absurde fausseté,

D'Augures imposteurs l'aveugle autorité ;
Que dis-je ? Les plus noirs, les plus affreux exemples
Ont été sans pudeur consacrés dans vos Temples.
Le vice en votre Olympe a réglé tous les rangs :
Les monstres les plus vils sont vos Dieux les plus grands.
Ah ! portez sur le mien un œil plus équitable.
Des plus purs attributs, assemblage adorable,
Il est un ; & son être, il ne le doit qu'à lui ;
Il fut avant les temps ce qu'il est aujourd'hui.

ADRIEN.

Cette audace à tout autre auroit coûté la vie.
J'épargne encor le sang qui sauva la Patrie.
Mais il faut m'obéir : Jamais d'heureux exploits
Ne rendent un Sujet indépendant des Loix.
Triomphez. Oui, pour vous ce triomphe sublime
Sera le prix du zèle & la peine du crime ;
Et qu'aussi-tôt par vous Jupiter appaisé
Contemple d'un sang pur son Autel arrosé.

PLACIDE.

Vous le voulez. Hé bien, je serai la victime.

ADRIEN.

Non, vous m'obéirez. A ce prix mon estime,
En vous rendant aux vœux de nos braves Romains,
Remettra de nouveau mes armes dans vos mains.
Allez, & méritez toute mon indulgence.

SCÈNE VII.

ADRIEN, MAXIME.

ADRIEN.

VOILA donc quel motif causoit sa résistance !
Ah ! dois-je pardonner, & par l'impunité

Enhardir l'imposture, armer l'impiété ?
Jusqu'où vont ses excès ! . . Mais l'Impie est Placide.
Placide expireroit par mon zèle homicide !
Quand tout m'abandonnoit, il a su me venger.
S'il n'eût servi son Prince, il vivroit sans danger.
Les Dieux l'ont fait vainqueur : & s'ils le favorisent,
A lui laisser le jour sans doute ils m'autorisent.
Qu'il vive. . . Un Chrétien ! Ciel ! suis-je encore Adrien ?
Qu'il vive. . . Oui, mais qu'il cesse enfin d'être Chrétien.
Tu me sembles le plaindre. Il se rendroit peut-être
Aux conseils d'un égal plus qu'aux ordres d'un Maître.
Tentons cette ressource, essayons ton secours :
Puisses-tu le fléchir ! Va, Maxime, va, cours :
Rappelle sa raison. Pour toucher sa grande ame,
Peins-lui combien son Culte est vil, honteux, infâme.
Vante-lui ma bonté, s'il brave mon courroux.
Ce qu'il n'ose pour lui, qu'il le fasse pour nous.
De mon libérateur conserve-moi la vie.

SCÈNE VIII.

ADRIEN.

ET Nous, dont trop long-temps son entretien impie
A retenu les pas & troublé les desseins,
Allons, & de ma flamme apprenons les destins.
Quel coup m'attend encor ? Jusqu'où l'on m'humilie !
Trop coupable Placide ! Inhumaine Attilie !
Amour ! Religion ! Verrai-je un Couple ingrat
Blesser mon cœur, ma gloire, & le Ciel, & l'Etat !

Fin du second Acte.

ACTE III.

SCÈNE PREMIERE.

PLACIDE, MAXIME.

MAXIME.

QUELLE est de vos discours la force enchanteresse ?
Dans ces raisonnemens quelle haute sagesse !
Placide, je ne sais si mes sombres chagrins,
Les périls que je cours, les malheurs que je crains,
A des dogmes nouveaux ont disposé mon ame ;
Mais tout dans vos conseils m'intéresse & m'enflamme.
O de notre entretien succès inattendu !
Je venois vous combattre, & je suis confondu.
Frappé d'un jour plus pur, je commence à connoître
Le néant de ces Dieux que l'erreur a fait naître ;
Et mon esprit, guidé par la saine raison,
S'élance vers le Dieu seul digne de ce nom.

PLACIDE.

Je vous ai pu convaincre. Et qui l'eût osé croire ?
Cher Maxime, voilà ma plus belle victoire ;
Et Maxime changé touche & flatte mon cœur,
Plus que le Peuple entier soumis par ma valeur.

MAXIME.

Je marche vers ce Dieu, mais d'un pas foible encore...

PLACIDE.

Il est l'heureux appui du Mortel qui l'implore.
Déja de l'Empereur il confond les desseins :

Quand vous me rappelliez vers des fantômes vains,
Dans votre ame étonnée il versoit la lumière :
Vous vouliez m'égarer, & c'est vous qu'il éclaire.
Il comblera ses dons ; & bientôt, comme moi,
Vous obtiendrez l'honneur de mourir pour sa Loi.

MAXIME.

De mourir !... La mort flatte un cœur sans espérance....
O vous, pour qui j'aurois chéri mon existence,
Attilie ! au milieu des rigueurs de mon sort,
Est-il pour votre Amant d'autre bien que la mort ?...
Seigneur, pour ma foiblesse ayez quelque indulgence.
Mais dissipez un doute, enfant de l'ignorance.
Cet Être si parfait, ce grand Dieu des Chrétiens,
Dispense donc sans choix & les maux & les biens.
Vous l'adorez, Seigneur ; je me voue à son Culte ;
Nous mourons. Adrien le méprise & l'insulte ;
Il vit, il regne heureux : c'est lui qui nous proscrit.
Le coupable triomphe, & l'innocent périt.

PLACIDE.

Mon fils, souffrez ce nom que dicte ma tendresse,
Vous accusez le Ciel ; connoissez sa sagesse.
Ce désordre apparent a sa règle & ses loix.
Dieu s'en sert pour le bien des cœurs dont il fit choix.
Par des calamités s'il afflige la terre,
A de coupables mains s'il remet son tonnerre,
Il veut orner, accroître, épurer par les maux
La vertu que pourroit amollir le repos.
La vie est un moment, tout son faste est un songe.
Au crime pour partage il laisse un vain mensonge.
Mais s'il existe enfin, ce Dieu plein d'équité,
Il est après la mort une immortalité.
Tout change alors.

SCENE

SCÈNE II.

ATTILIE, PLACIDE, MAXIME, PAULINE.

ATTILIE.

Seigneur!

MAXIME.

C'eſt vous, belle Attilie.
Quel eſt ce ſombre effroi dont vous ſemblez ſaiſie?

ATTILIE.

Je vous cherchois. Je viens gémir & m'accuſer.
A des malheurs nouveaux j'ai pu vous expoſer.
J'ai revu l'Empereur. Il ſait que je vous aime,
Que vous m'aimez..... Seigneur, il ſait tout de moi-même.
Pour vaincre mes refus, que n'a-t-il pas tenté?
Prière, ordre abſolu, tendreſſe, autorité,
Il a de ces reſſorts tour à tour fait uſage.
Enfin, de l'artifice employant le langage,
Je le ſais; j'ai, dit-il, un heureux ennemi,
Mon rival..... A ces mots, malgré moi, j'ai frémi.
Il a ſaiſi mon trouble, il a nommé Maxime.
Sans doute il ignoroit l'ardeur qui nous anime,
Et c'eſt par des détours ſi dignes d'Adrien,
Que ſon perfide amour a découvert le mien.
J'étois ſans voix. Bientôt comblant mon imprudence,
Avec trop d'intérêt j'ai pris votre défenſe:
Dans mes yeux ſe peignoit trop de ſincérité;
La frayeur ſur mon front traçoit la vérité.

Que vous dirai-je encor? Ma fierté s'eſt émue;
Un aveu de ma bouche enfin m'a convaincue.

MAXIME.

Madame, ſur mon ſort je ne m'abuſe pas;
Le ſeul nom de rival me condamne au trépas.
Vivez, je meurs content, ſi vous vivez heureuſe.

ATTILIE.

J'attendois d'autres ſoins d'une ame généreuſe.
Lorſqu'il n'eſt plus d'eſpoir que dans votre vertu,
Vous êtes accablé ſans avoir combattu;
Et cédant à l'audace une juſte conquête,
A votre heureux rival vous portez votre tête!
Ah! ne voulez-vous point la conſerver pour moi!
Cherchez des moyens ſûrs, il en eſt, je le croi,
D'arrêter d'un Tyran l'odieuſe injuſtice:
Ou s'il faut qu'à mes vœux ſa fureur vous raviſſe,
Vous êtes mon Amant, & vous êtes Romain,
Oſez, oſez mourir les armes à la main.
Vous me connoiſſez peu: dans un ſexe timide
Le Deſtin quelquefois place une ame intrépide;
Mon courage, Seigneur, égale mon amour,
Et je veux être Amante & Romaine à mon tour.
Ecoutez mes ſermens: Si la barbare envie
Oſe trancher des jours où j'attache ma vie,
Au tombeau je ſuivrai mon Amant égorgé;
Mais je ne l'y ſuivrai qu'après l'avoir vengé.

MAXIME.

O Femme courageuſe! ô Beauté magnanime!
Vous rempliſſez mon ame & d'amour & d'eſtime.
A vos nobles diſcours, enflammé de courroux,
Par combien de périls je voudrois être à vous!

Que je desirerois, teint du sang d'un barbare,
D'en sceller l'union de deux cœurs qu'il sépare !
Faut-il qu'en ce moment un sévère devoir
Enchaîne mes transports, éteigne mon espoir ?
Je vais perdre à jamais l'Amante la plus chère ;
Je vais perdre Attilie !... Ah Placide ! que faire ?
Contre un péril affreux où chercher du secours ?
J'ai bien à votre Dieu sacrifié mes jours ;
Je ne lui voulois pas sacrifier ma flamme :
Elle est juste, elle est pure, elle embrase mon ame.
A mourir pour sa Loi, je trouvois des appas ;
Mais des mains d'un rival recevoir le trépas,
Un trépas qui m'arrache à l'objet que j'adore,
Qui la laisse au pouvoir d'un Maître qu'elle abhorre ;
Je n'ai point de ce sort prévu la cruauté ;
J'en vois toute l'horreur... j'en suis épouvanté.

SCÈNE III.

PLACIDE, ATTILIE, MAXIME, PAULINE, ALBIN, GARDES.

ATTILIE.

Ah ! nous sommes perdus : vois ce que l'on t'apprête.

ALBIN *à Maxime.*

Seigneur, César l'ordonne, il veut qu'on vous arrête.

ATTILIE, *tandis que Maxime remet son épée.*

Maxime, peux-tu donc t'arracher de ce lieu ?

MAXIME *à Albin.*

Je vais vous suivre..... Hélas ! chère Attilie... Adieu.

ATTILIE.

Moi, je cours vers le Prince, il verra mes allarmes :
La voix de ma douleur & l'aspect de mes larmes,
Peut-être fléchiront un cœur encore à moi,
Et le Tyran sera plus généreux que toi.

Elle sort.

SCÈNE IV.

PLACIDE.

QU'IL est dans l'Univers de mortels qui gémissent !
Les malheurs sont souvent les nœuds qui les unissent.
Jeunes infortunés ! je vous plains : tous mes sens
Près de vous succomboient à des troubles pressans.
D'un pere, il est trop vrai, la douleur inquiète
Toujours dans ce qu'il voit cherche ce qu'il regrette.
Quel pouvoir inconnu sur mon cœur agissoit?
Ce cœur pour mes enfans tous deux les choisissoit ... ?

SCÈNE V.

PLACIDE, JUSTIN.

JUSTIN.

DAIGNEZ me dévoiler ce que j'apprends d'un Dace,
De l'un des ennemis que votre illustre audace
A soumis à nos Loix, & jetté dans nos fers.
Il vous connoît, dit-il, il connoît vos revers :
Il parle de ce fils, Seigneur de cette fille,
Seul bien qui vous restât d'une triste famille,

Seul soutien dans les maux qui jadis ont en vous
Frappé le Citoyen, & le pere & l'époux....

PLACIDE.

Ce Captif étoit donc dans la Troupe coupable,
Qui combla les malheurs dont le fardeau m'accable.
Le Cruel fut sans doute un de ces scélérats,
Dont le meurtre, le rapt, le vol marquoient les pas.
Ami, de mes enfans je te devois l'histoire :
J'en vais, puisqu'il le faut, rappeller la mémoire;
Et d'un nouveau récit fatiguant ta pitié,
Redemander des pleurs à ta triste amitié.
Hélas! à ma pensée, après vingt ans encore,
Chaque jour reproduit ce jour que je déplore.
Trajane, en me suivant, vit finir son destin.
Deux enfans restoient seuls; j'allai chercher, Justin,
Ces chers & derniers fruits d'un illustre hyménée;
L'un comptoit près d'un lustre, & sa sœur une année.
En exil avec moi je les menois tous deux.
Quel spectacle soudain vient m'allarmer pour eux!
Un corps d'affreux Soldats trouble notre passage.
Le sang coule aussi-tôt sur ce cruel rivage.
Je combats : le danger m'enflamme : mes efforts
Nous font long-temps contre eux un rempart de leurs corps.
Nul ne m'accompagna; j'avois mes seuls Esclaves:
Tous meurent à mes yeux. O Serviteurs trop braves!
Plus malheureux que vous, j'enviai votre sort;
Comme à vous, ma valeur me méritoit la mort.
Le nombre enfin l'emporte; & ma fille tremblante,
Dont les cris appelloient sa nourrice expirante,
Et mon fils éperdu, sanglant, près du trépas,

En proie aux Ravisseurs, échappent de mes bras.
Moi-même je tombai. La cohorte assouvie
Dans des flots de mon sang crut me laisser sans vie.
Le Ciel a prolongé mes jours & ma douleur...
Mais il doit s'expier, ce forfait plein d'horreur;
Et puisqu'enfin l'un d'eux est en notre puissance,
Je vais à l'Empereur en demander vengeance.
Il livrera le traître à mon ressentiment.

JUSTIN.

Modérez ce transport... (*A part.*) Ah! quel événement!...
Ils vous furent, Seigneur, enlevés par des Daces!
Mais poursuivez. Quel lieu, témoin de ces disgraces....

PLACIDE.

Les plaines de Nisa.

JUSTIN.

De Nisa! Dieux! Seigneur!
Ces enfans si chéris... Voyez votre bonheur...
Tous deux vivent, tous deux à Rome...

PLACIDE.

Ciel! Qu'entens-je?

JUSTIN.

Les rapports sont parfaits: Tout ce récit étrange
Est un trait de lumière, & pour eux & pour nous.
Attilie & Maxime...

PLACIDE.

Ami, que dites-vous?
Veillé-je? Est-ce une erreur? Quoi! Maxime, Attilie!...

JUSTIN.

Dès le jour du combat, l'une fut affranchie,
Et sur ses Ravisseurs le Romain la reprit.
L'autre porta leurs fers, qu'à seize ans il rompit.
Tout s'accorde, les faits, les temps, les lieux, leur âge.

PLALIDE.

Et la Nature acheve. Oui, j'entens son langage.
Oui, je me sens leur pere. O moment fortuné!
A de telles faveurs semblois-je destiné?
Que tes decrets sont grands, Sagesse impénétrable!
Deux fois tu m'en fais don... Chers objets, couple aimable!
Où sont-ils? Quand pourrai-je, à mon gré, dans mes bras...

SCÈNE VI.

ATTILIE, PLACIDE, JUSTIN.

ATTILIE *traversant le Théâtre.*

D'UNE Amante égarée, ô Dieux! guidez les pas.

PLACIDE.

C'est elle... Je succombe, & mon ame éperdue...
O ma chere Attilie!.. Elle m'est donc rendue.

ATTILIE.

Se peut-il que la joie éclate dans vos yeux
Lorsqu'Adrien est prêt d'ensanglanter ces lieux?
En vain à l'implorer j'ai forcé mon courage:
Au seul nom de Maxime, il frémissoit de rage.

PLACIDE.

Séchez, séchez vos pleurs. Un nouveau jour vous luit.
César s'appaisera. Le rival qu'il poursuit

Va d'une ardeur trompeuſe abjurer l'impoſture.
L'amour n'étoit en vous qu'un cri de la Nature.
Maxime eſt votre fière ; & tous deux...

ATTILIE.

Arrêtez !
Mon frere !... Pardonnez à mes ſens agités,
Seigneur... Mais un inſtant, ſouffrez que je reſpire.

PLACIDE.

M'y ſerois je attendu ? que puis-je encor lui dire ?

ATTILIE.

Moi, ſa ſœur ! .. S'il eſt vrai, quel rare événement
Vous a, d'un tel ſecret, inſtruit en un moment ?
Vous n'aviez de ſon ſort aucune connoiſſance....
Avez-vous tout appris ? Quelle eſt donc ſa naiſſance ?..
Sait-on quel eſt ſon pere ?

PLACIDE.

Il vous ouvre les bras.

ATTILIE.

Où ſuis-je ? Eſt-ce donc vous, Seigneur...

JUSTIN.

N'en doutez pas.
Je jure qu'à Niſa quand le Dace...

ATTILIE *ſe jettant aux genoux de Placide.*

O mon pere !
Mon pere ! nom ſacré ! que ma bouche ſincère,
Pour la première fois, aime à le prononcer !

PLACIDE.

Ah ! ma fille !

ATTILIE *ſe relevant.*

Qui peut encor m'intéreſſer ?

De grace, descendez jusques à ma foiblesse :
Vous lisez dans mon cœur, voyez ce qui le blesse.
Trouver un pere en vous est un sort plein d'appas ;
Oui, j'en rens grace au Ciel. Mais, Seigneur, mais hélas!
Pourquoi de mon Amant trouvé-je en vous le pere ?
Mes vœux sont insensés ; j'en rougis la premiere.
Aussi, dans cet instant propice & malheureux,
Dans ce grand changement, sais-je ce que je veux ?
Sais-je ici distinguer quel sentiment m'anime ?
Suis-je sœur ? suis-je encore Amante de Maxime ?
Ces noms sont l'un & l'autre & chers & précieux...
Maxime, je te vois toujours des mêmes yeux...
Daignez souffrir, Seigneur, quelques momens de trouble.
A la voix de l'honneur mon courage redouble ;
D'un trop funeste amour mon cœur triomphera ;
La vertu l'allumoit, la vertu l'éteindra.

PLACIDE.

Ces plaintes, ces regrets que vous faites entendre,
Ma fille, ont affligé le pere le plus tendre.
Sans les autoriser, j'excuse vos douleurs,
Et des crimes je sais distinguer les erreurs.
Puissé-je en même temps, dans votre ame abbattue
Etablir pour toujours la paix qu'elle a perdue !
Ah ! si dans la vertu vous mettez votre espoir,
Celle que vous vantez n'a qu'un nom sans pouvoir.
Ma fille, il en est une & plus sûre & plus grande...
Mais c'est peut-être un soin qu'il faut que je suspende :
Le trouble où je vous vois...

ATTILIE.

Je vous ai trop compris.
Je révère, Seigneur, vos conseils, vos avis.

Mais vous me rappellez, & puis je le redire ?
Qu'aujourd'hui votre fils s'est soumis à l'empire
De ces dogmes fatals, dévoués au mépris,
Entourés de périls, par l'échaffaut punis.
Mon cher Maxime, hélas! ton aveugle imprudence
Donne au Prince à la fois deux titres de vengeance;
Et lorsqu'un danger cesse, un autre se produit.
A quels traits est marqué le malheur qui me suit?
Non; ne me parlez point d'une loi meurtriere,
Qui m'arrache en ce jour & mon pere & mon frere:
Ou, si vos cœurs sont faits pour braver le trépas,
Au moins cherchez la mort où la honte n'est pas...

PLACIDE.

C'est assez : près du Prince assurons votre gloire;
Et qu'à jamais du moins s'efface la mémoire
De l'amour, dont l'erreur égara vos esprits.
Montrons dans son rival votre frere & mon fils.

ATTILIE.

Allons, qu'en rougissant il connoisse Maxime.
Au jaloux Adrien épargnons un grand crime.
Hélas! & plût au Ciel qu'il ne pût lui rester
Aucun autre motif de nous persécuter.

Ils s'éloignent.

ATTILIE *reprend.*

Un moment... & daignez, Seigneur, m'entendre encore.
Une Religion que l'Empereur abhorre,
Trouve en Maxime & vous des Sujets pleins de foi.
Tous vos vœux sont pour elle. Hé bien, si cette Loi
A des Héros si grands paroît d'un prix si rare,
S'il faut qu'à l'embrasser, comme eux, je me prépare,

Si ce cœur libre & fier lui doit être soumis ;
Venez, & vengeons la de tous ses ennemis :
Il nous faut l'établir, l'illustrer, la conduire
Des antres qu'elle habite au faîte de l'Empire.
Contr'elle d'Adrien l'inhumaine fureur,
Du regne de Néron renouvelle l'horreur.
Réprimons d'un Tyran l'injuste violence.
Du monde dans vos mains le Ciel mit l'espérance,
Et venger l'Univers est le droit des Héros.
Fameux par des vertus qu'illustrent vos travaux,
Défenseur de l'Empire, adoré de l'Armée,
Dites un mot, mon pere, & la terre est calmée,
Et ce sceptre souillé (mon espoir n'est pas vain)
A l'instant peut orner une plus digne main.
L'Armée ordonne tout ; l'Armée élit ses Maîtres.
Fidèle aux vertueux, mais inflexible aux traîtres,
Elle parle : un mortel alors ne fait qu'un pas
De ses foyers au Trône, ou du Trône au trépas.
Des Caïus, des Nérons les tragiques disgraces,
Exemples éternels pour qui suivra leurs traces ;
Les Galbas, les Othons, Domitien, Aulus,
Tant de Césars, proscrits presqu'aussi-tôt qu'élus,
Prouvent que le Romain, sage en son inconstance,
Joint l'œil de la justice au fer de la vengeance.

PLACIDE.

Quels sentimens ! quels vœux ! tout mon cœur frémissoit.
J'ai voulu l'interrompre, & ma voix se glaçoit.
Quoi ! de votre fureur la criminelle ivresse
Me trace le chemin de la scélératesse ?
Vous osez m'enhardir à la rébellion !
Vous conseillez le meurtre & l'usurpation !

Ma fille, que mon front rougit de vos maximes!
Que vous connoissez mal les principes sublimes
D'une Religion, qu'insultent vos projets!
Non : le Trône a ses droits qu'elle n'enfreint jamais.
Sachez que des Chrétiens cette divine Mere,
Sur la terre exilée, en ce monde étrangère,
Jalouse seulement d'y conquérir les cœurs
Par l'attrait des vertus & l'exemple des mœurs,
Quoi qu'elle ait à souffrir, n'a jamais pour défense
Que la soumission, les pleurs & l'innocence :
Tel est son art unique; & sans nos vains secours,
Plus forte par l'orage, elle vaincra toujours.
Un temps, un temps viendra que libre & respectée,
Assise sur le Trône, aux deux pôles portée,
Reine des Souverains & des Peuples divers,
Ses rameaux étendus couvriront l'Univers.
Ce jour n'est pas connu; soyons toujours fidèles.
Et vous qui l'outragiez, revenez sous ses aîles.
Si vous êtes mon sang, reconnoissez ma Loi.
Que dis-je? elle est la vôtre. Oui, ma fille, crois-moi,
Tu fus à ce Dieu même en naissant consacrée :
Tu blasphèmes la Foi sur ta tête jurée :
Il daigna t'adopter... Rappelle ses bienfaits.
Ne verse aucun poison dans les dons qu'il m'a faits.
En ce jour où sa main rassemble ma famille,
J'ai retrouvé mon fils, que je trouve ma fille...
Rien ne la touche... O Ciel!

ATTILIE.

Vous régnez sur mon cœur.
Mais, mon pere, Attilie, en proie à sa douleur,

Songe à briser les fers de ce frere qu'elle aime.
Je veux dans sa prison les détacher moi-même.

PLACIDE.

Je la mets en tes mains. Dieu ! remplis mon espoir.
C'est à changer un cœur que brille ton pouvoir.

Fin du troisième Acte.

ACTE IV.

SCÈNE PREMIERE.

ADRIEN, ALBIN.

ADRIEN.

AU rapport qu'ils m'ont fait dois-je ma confiance,
Albin? Trahi long-temps par leur intelligence,
En vain d'un nouveau piége ils m'ont enveloppé.
Leurs fraudes m'ont appris à n'être plus trompé.

ALBIN.

Osé-je m'expliquer, Seigneur? D'un artifice
Placide, je le crois, ne peut être complice.
Il porte un cœur si noble...

ADRIEN.

Il porte un cœur Chrétien,
Et pour eux la vertu n'est qu'un foible lien.
Avec ce titre enfin, la vertu m'est suspecte.
Toujours de ces Chrétiens je redoutai la Secte.
Je sais que par état ennemis des Césars,
Leurs mains autour du Trône ont semé les hasards.
Et n'est-ce pas encor par leurs perfides trames
Que Rome a vu son sein dévoré par les flammes?
D'autant plus dangereux, qu'austères dans leurs mœurs,
Tout prend en eux, Albin, d'imposantes couleurs.
Mais de ces factieux laissons les impostures,
Et ne considérons que mes propres injures.
J'aime, je donne un sceptre, & je me vois haï.
On préfere un Sujet; l'Empereur est trahi.

Le traître est un ami comblé de mes largesses,
A qui je confiois mes plus chères foiblesses :
Confident près de moi, près d'Attilie Amant,
Mon amour est du sien le voile & l'instrument.
Ce criminel accord est long-temps un mystère.
Enfin j'ouvre les yeux ; & lorsqu'en ma colère,
Sur un lâche rival je leve un bras vengeur,
L'ingrate vient, Albin, se déclarer sa sœur.
Cet échange subit peut-il être sincère ?
Le mensonge pour eux étoit trop nécessaire :
Le temps est trop suspect ; aisément ils ont pu
Produire en ce vil Dace un témoin corrompu.
Cette fable est le fruit de la longue entrevue
Qu'a ménagé Justin, & qu'éclairoit ta vue.
N'en doute plus, te dis-je... Ah ! mon rival alors,
S'il n'eût changé de nom, descendoit chez les morts.
Ce même changement renferme un nouveau crime ;
Que la mort qu'il fuyoit reprenne sa victime...
Qu'on l'amene à mes yeux.

ALBIN.

S'il tombe sous vos coups,
Son sang pourra, Seigneur, s'élever contre vous.
Vous rompez votre hymen.

ADRIEN.

Hé, dussé-je le rompre ?
Dussé-je ?.. Mais pourquoi tentes-tu de corrompre
De ma vengeance, Albin, la flatteuse douceur ?
S'il vit, il n'est pour moi nul espoir de bonheur :
S'il meurt, on cessera de plaindre une ombre vaine ;
On oublie un absent, on borne enfin sa haine ;
Et mes respects alors, l'éclat d'un rang pompeux,
D'un cœur, libre & né tendre, attireront les vœux.

Enfin j'y suis forcé. Tantôt quand la Cruelle
M'est venue apporter cette étrange nouvelle,
Surpris d'un tel mystère, & le voulant sonder,
Daignez donc, ai-je dit, me le persuader :
Puisque dans mon rival vous trouvez votre frère,
Entre nos cœurs, Madame, il n'est plus de barrière :
Un feu nouveau naîtra des cendres de vos feux ;
Qu'il s'allume : Règnez, & me rendez heureux.
Sa subite rougeur, son embarras extrême,
Ses refus, m'ont encor prouvé son stratagême ;
Plus forte que jamais mon incrédulité,
M'a fait de ma vengeance une nécessité.
Mais je me suis contraint. J'ai promis devant elle...
Qu'importe. A qui nous trompe, on peut être infidèle.
On entre. Qu'un rival, Albin, est odieux !

SCÈNE II.

ADRIEN, MAXIME *enchaîné*, ALBIN, GARDES.

ADRIEN.

D'INDIGNES trahisons ; complice audacieux...

MAXIME.

Epargnez-moi ces noms dictés par la colère ;
Seigneur, voilà mon sang, s'il peut vous satisfaire.
Sans mériter la mort je la souhaite au moins :
Ma disgrace, mes fers, le Ciel m'en sont témoins.
Mais pourquoi devant vous m'avez-vous fait conduire ?
Est-ce qu'à vos regards vous voulez que j'expire ?
Ou las de vos rigueurs, prêt à les expier,
Cherchez-vous un motif pour me justifier ?
D'un amour, que pourtant combattit ma prudence,
Je n'attesterai point l'invincible puissance :

Je

Je n'alléguerai pas que ce jour seulement
De deux cœurs captivés a vu l'épanchement.
J'ai surpris un aveu que retenoit la crainte,
Où se mêloient les pleurs, la douleur & la plainte.
Mais mon sort fut trop beau : ce cœur si fier, si grand,
A préféré Maxime au plus illustre rang.
Elle perdit un Trône en me comblant de gloire.
Qu'elle regne, & du moins conserve ma mémoire.
Frappez : mes derniers vœux sont pour elle & pour vous.

ADRIEN.

Tous ces vœux d'un Rival augmentent mon courroux.

MAXIME.

Je veux le seconder ; & généreux coupable,
Moi-même je vous offre un prétexte honorable.
Vous alliez m'immoler à votre amour jaloux ;
Une raison d'Etat va consacrer vos coups.
Je suis Chrétien. Frappez le Rival dans l'Impie :
Quand la Loi me condamne, elle vous justifie.

ADRIEN.

Tu seras satisfait. Tant d'excès réunis
Par le plus prompt trépas doivent être punis.
Ah ! de notre Héros je reconnois l'ouvrage.
Par lui jusqu'en ma Cour l'erreur s'ouvre un passage.
Et voilà le lien qui les unit tous deux :
On nomme nœuds du sang ces sacriléges nœuds.
Que les Dieux soient loués, leurs bontés immortelles
M'offrent, à chaque pas, des lumières nouvelles.
O Placide !... à la mort je pourrois l'arracher !

SCÈNE III.

ADRIEN, PLACIDE, MAXIME, ALBIN, GARDES.

PLACIDE *appercevant son fils qu'il cherchoit.*

(*à part.*)

Je puis donc voir mon fils.

ADRIEN.

Que venez-vous chercher ?
Malheureux ! Ma fureur jusqu'ici trop timide,
A son coupable aspect tout à coup se décide.
Qu'aux plus cruels tourmens ces Traîtres soient livrés ;
Qu'ils meurent tous les deux, & meurent séparés.

ALBIN.

Ah ! daignez adoucir cette ardente colère.
Mon zèle trop hardi m'expose à vous déplaire.
Mais pouvez-vous, Seigneur, du Vengeur des Romains
Trancher légérement les précieux destins ?
Songez....

ADRIEN.

Près de ces lieux fais-les tous deux attendre.

SCÈNE IV.

ADRIEN, ALBIN.

ADRIEN.

Quel parti, juste Ciel ! César doit-il donc prendre ?
Placide est convaincu de divers attentats ;

Ses crimes... Quels qu'ils soient, ne nous aveuglons pas;
Le sort de ce Guerrier intéresse ma gloire.
L'Empire retentit du bruit de sa victoire.
Tous attendent le prix de ses heureux travaux.
Ce prix seroit la mort, la honte, des bourreaux!..
Non : il est généreux d'oublier son offense.
L'exil qu'il a souffert, ses malheurs, sa naissance,
Son zèle, tout m'ordonne, Albin, de le sauver.
Seulement à sa Loi tâchons de l'enlever.
Déja de son Ami, par un sage artifice,
Offrons-lui le pardon, montrons-lui le supplice.
Maître du choix, son cœur peut enfin s'attendrir.
Pouvant le conserver, le verra-t-il périr?
J'écarterai toujours un Rival téméraire.
(*à un Garde.*)
Qu'ils rentrent. (*à un autre*). Ecoutez; cet ordre est nécessaire.
Si lorsqu'ils sortiront, je ne vous retiens pas,
Suivez-les : qu'à Maxime on donne le trépas;
Que dans une prison on conduise Placide.

SCÈNE V.

ADRIEN, PLACIDE, MAXIME. ALBIN, GARDES.

ADRIEN.

Venez & méritez la bonté qui me guide.
Pour vous j'ai suspendu le glaive de la mort,
Et c'est à vous, Placide, à fixer votre sort.
Maxime vous est cher, il n'importe à quel titre.
Sauvez-le, sauvez-vous; je vous en fais l'arbitre.

PLACIDE.

A quel prix ? Je le veux, Seigneur, si je le doi.

ADRIEN.

Séduit par votre exemple, il abjura ma Loi.
Vous-même adoptez-la. Triomphez. Vos exemples
Vont le changer encore, & lui rouvrir nos Temples.
Alors j'onblîrai tout. Répondez; mais tremblez:
Er s'li meurt, songez-y, c'est vous qui l'immolez.

PLACIDE.

Que me proposez-vous ?.. Que barbare ou parjure,
J'ose outrager le Ciel, ou trahir la nature!
Que j'immole mon sang, ou renonce à ma foi!

MAXIME.

Votre sang! O surprise! Ah, Seigneur!

PLACIDE.

Leve-toi,
Fils vertueux & tendre...

MAXIME.

Avez-vous pu me taire
Ma naissance...

PLACIDE.

En quel temps tu reconnois ton pere!
Hélas! le fer du Dace offroit moins de danger.

MAXIME.

Je suis né d'un Héros!.. Eclat trop passager!
Mon pere...

PLACIDE.

Tu me fus ravi dès ton aurore.
Je t'ai pleuré vingt ans, aujourd'hui même encore.
Je te retrouve enfin, mais dans des fers honteux.
Tu m'es rendu, mon fils, pour périr à mes yeux.

Encor c'est peu de perdre une tête si chère ;
De l'ordre de ta mort triste dépositaire,
On veut que des bourreaux je conduise la main ;
D'un pere malheureux on fait un assassin.

MAXIME *à Adrien.*

Seigneur, qu'attendez-vous de sa douleur extrême ?
Est-ce à lui d'ordonner la mort d'un fils qu'il aime ?
De quel droit le placer entre un double attentat ?
Le rendre parricide, ou le rendre apostat ?

PLACIDE.

Quel effort déplorable on prescrit à Placide !
N'importe : il faut céder, le devoir me décide.
Meurs, mon fils : Tu mourras suivi de ta vertu,
Et pour vivre il faudroit un crime... Pourrois-tu
Te plaindre de l'arrêt qu'a prononcé ton pere ?

MAXIME.

Où le Ciel a parlé, le sang a dû se taire.
Et puis-je de mon sort ne me pas applaudir ?
A peine je connois, vous me faites jouir.
Oui, de nos tristes jours que ce beau sacrifice,
Trop long-temps séparés, à jamais nous unisse.

ADRIEN.

Est-ce yvresse ou courage ? héroïsme ou fureur ?
Que ferai-je ?.. Ecoutez, Cruels, votre Empereur.
Notre Loi vous condamne, & je règne moins qu'elle.
A ses Dieux bienfaisans cet Empire fidelle
N'admet point dans son sein de Cultes étrangers.
D'une Secte nouvelle on connoît les dangers.
De troubles éternels source toujours fatale,
Elle infecte un Etat du poison qu'elle exhale ;

Elle en change l'esprit, en corrompt la vertu,
Et sur l'Autel brisé le Trône est abattu.
Dans un rang élevé plus Rome vous contemple,
Plus je lui dois en vous un redoutable exemple;
Mais mon bras à regret s'arme du fer vengeur.
Ouvrez, ouvrez les yeux sur votre triste erreur.
A leur prix véritable osez enfin réduire
Ces superstitions qui vous ont pu séduire...

PLACIDE.

Portez plus de respect à ma Religion,
Seigneur, seule elle obtient l'aveu de la raison.

ADRIEN.

Elle est née en nos jours.

PLACIDE.

Mais pour être immortelle.

ADRIEN.

Avec elle est l'opprobre.

PLACIDE.

Et la gloire après elle.

ADRIEN.

Elle est par tout proscrite.

PLACIDE.

Et s'accroît en tout lieu.

ADRIEN.

D'un Juif elle est l'ouvrage.

PLACIDE.

Elle est Fille d'un Dieu.

ADRIEN.

Sortez.

SCÈNE VI.

ADRIEN, ALBIN.

ALBIN.

Je prévoyois leur fermeté stoïque ;
Tel est du préjugé le pouvoir tyrannique.
L'orgueilleux fanatisme affronte tous les maux,
Et le moindre chrétien veut paroître un Héros :
Placide pouvoit-il céder ? Mais j'ose dire
Que dans cette chaleur de la foi qui l'inspire,
Avec joie il devoit proscrire un sang chéri ;
Je le crois père enfin, puisqu'il s'est attendri.

ADRIEN.

Albin, de ce discours corrigez l'imprudence.
Vous savez que Justin embrassoit leur défense :
Un exil est le prix de ses témérités.
Je vous donne son rang ; mais si vous l'imitez...
De Maxime, après tout, qu'importe l'origine ?
Son titre de Chrétien dictoit seul sa ruine,
Sans être racheté par ces brillans exploits
Que son complice oppose aux rigueurs de nos Loix...
Qui porte ici ses pas ! ô Ciel ! c'est Attilie.
Que veut-elle ? déja mon ame est affoiblie...
Mois ses malheurs encor sont par elle ignorés.

SCÈNE VII.

ADRIEN, ATTILIE, ALBIN.

ATTILIE.

Tranquille sur la foi de vos fermens sacrés,
D'un esprit attentif & d'un regard sévère,
J'ai contemplé l'état de ma fortune entière :
J'ai pesé mes devoirs, mes périls, ma fierté,
Et votre amour, Seigneur, & la nécessité.
Là j'ai vû que l'erreur d'une jalouse envie
Vous fait d'un faux Rival persécuter la vie ;
Je veux vous détromper ; si mes vœux en sont crus,
Amant, ou frere enfin, vous ne le craindrez plus.
Ici, j'ai vu, Seigneur, la sombre politique,
De la Religion le zèle tyrannique,
Au sein de deux Chrétiens plonger un fer sacré ;
J'implorerai leur grace, & je l'acheterai.
Que mon pere & son fils, à mes avis rebelles,
Pour leur Dieu, pour leur Prince également fidelles,
Craignant & d'obéir & de se révolter,
Attendent une mort qu'ils pourroient éviter.
C'est à moi de fléchir : je deviens votre femme.

ADRIEN.

Ciel !

ATTILIE.

Qu'Adrien m'excuse, hélas ! quand je me blâme.
S'il voit ma main trembler en recevant ses nœuds,
Si mes sanglots au Temple interrompent mes vœux,
De ma juste douleur l'effort involontaire
Doit causer sa pitié, plutôt que sa colère.

Ce Trône où je me place, une autre le remplit :
Régnant par le divorce, un Sceptre m'avilit.
Une autre... Et c'eſt vous-même, ô vous, ma Bienfaitrice !
De m'inſpirer jamais cette noire injuſtice
Je défiois tantôt le céleſte courroux.
Sabine a vu mes pleurs : Seigneur, le croirez-vous ?
Dans ſa Rivale encor chériſſant ſon ouvrage,
Elle-même à ſa chûte a donné ſon ſuffrage.
Elle veut qu'en ces lieux je ſois un nœud de paix :
Pour nous qui l'outrageons, elle fait des ſouhaits.
O cœur trop généreux, qu'il faut que je trahiſſe !
J'aurois par mon trépas terminé mon ſupplice.
Mais je me dois aux miens : tout le veut, c'eſt ma loi.
Le crime eſt d'Adrien, le malheur eſt pour moi...
Je m'égare, Seigneur, & ce ſilence auſtère...
J'ai perdu votre amour.

ADRIEN.

Vous m'êtes toujours chère.

ATTILIE.

Hé bien, donnez la vie à deux infortunés.
Vous demandiez ma main. Elle eſt à vous. Venez.

ADRIEN *à part.*

Qu'ai-je fait ?

ATTILIE.

Mais du moins, daignez d'une parole
Calmer...

ADRIEN.

Madame, allons, marchons au Capitole.
(*à Albin.*)
Et toi, s'il en eſt temps, qu'on ſuſpende le ſort...

SCÈNE VIII.

ADRIEN, ATTILIE, PAULINE.

PAULINE.

Que faites-vous, Madame? hélas! Maxime est mort.

ATTILIE.

Grands Dieux!

PAULINE.

Et dans les fers on retient votre pere.

SCÈNE IX.

ADRIEN, ATTILIE, PAULINE, ALBIN.

ADRIEN.

Ou fuirai-je?

ATTILIE.

Il est mort! Maxime est mort!.. Mon frère!..
Monstre affreux, oses-tu soutenir mes regards?
Cruel imitateur des plus cruels Césars,
Néron!.. Quoi? tout souillé du sang de ta victime,
Cherches-tu dans mes pleurs à jouir de ton crime?
Ou pour payer, Tyran, les dons que je reçoi,
Attends-tu que mon cœur te vende ici sa foi?
J'allois te l'engager. Ce moment si funeste
Me ravissoit encor le plaisir qui me reste,
Ce plaisir consolant de pouvoir te haïr.
Je suis libre, & puissé-je à mon gré te punir!
Dans ton coupable sein puisse mon bras avide,
Aller venger mon frere, & Sabine & Placide!..

Placide !.. Qu'ai-je dit, imprudente ! ô Destin !
(*à part.*) Hé quoi, le Traître encor tient ses jours dans sa main...
Seigneur, vous me voyez interdite, confuse.
Pardonnez des fureurs que mon malheur excuse.
Vous pouvez m'ôter plus encor que je ne perds.
Il reste à ma tendresse un pere dans les fers.
Vous ménagiez son sang, & moi-même peut-être
Moi-même contre lui je viens d'armer son Maître.
Je ne me connois plus : je cède à mes terreurs.
Je tombe à vos genoux.

ADRIEN.

Madame....

ATTILIE.

Que d'horreurs ?

ADRIEN.

Hélas ! rassurez-vous, Madame, c'est moi-même
Qui dois mettre à vos pieds l'orgueil du Diadême.
Des pleurs que vous versez, triste & funeste auteur,
Votre douleur entière a passé dans mon cœur.
Ah, Dieux ! sans ce revers vous couronniez ma flamme.
Il ne m'importoit plus d'examiner, Madame,
Si Maxime avec vous par le sang fut lié ;
Maxime, quel qu'il fût, m'étoit sacrifié.
Mais pour rendre à mes yeux sa mort encor plus noire,
Pour aigrir mes remords, je veux, je veux tout croire.
J'atteste cependant ici la vérité,
Je croyois être juste en ma sévérité.
D'une excusable erreur l'ame préoccupée,
J'ai cru qu'on me trompoit, & je vous ai trompée.
Mais ne me craignez plus : là se bornent vos maux.

Pour moi-même & pour vous je conserve un Héros.
Mes soins le changeront : son retour salutaire
Epurant sa vertu, me la rendra plus chère :
Et même aux Immortels, d'un Chrétien de ce rang,
Les vœux, quoique tardifs, plairont plus que le sang.
Oui, Madame, & déja de ses mains glorieuses
Vous auriez vu tomber les chaînes odieuses,
Si nous n'avions à craindre un Peuple audacieux
Qui change en fanatisme un juste amour des Dieux.
De la Religion les Ministres suprêmes
Ont un pouvoir secret, redoutable à nous-mêmes :
On viendroit, pour servir leur pieuse fureur,
Jusqu'en un Conquérant frapper le Novateur.
Il faut voiler le crime, en cachant le coupable.

ATTILIE *à part.*

M'ose-t-il croire ainsi le jouet d'une fable ?
(*haut.*)
Sur tous les cœurs mon pere a le plus juste droit.
On sait ce qu'il a fait, qu'importe ce qu'il croit ?

ADRIEN.

Sur un Peuple léger votre assurance est vaine.
Il n'est de son amour qu'un pas jusqu'à sa haine ;
Et son orgueil blessé des bienfaits qu'il reçut,
Dès qu'on n'est plus utile, ignore qu'on le fut.
Il seroit un moyen, unique, nécessaire :
Je ne l'explique point ; il doit trop vous déplaire.
Vous haïriez de moi jusques à mes bienfaits...
Si vous montiez au Trône offert à vos attraits,
Si sur vos pas Placide approchoit de son Maître,
Pere de mon Epouse, alors il peut paroître ;
La crainte, le respect deviendroient son appui ;
Je serois un rempart entre le Peuple & lui.

Vous vous taisez. Je n'ose attester ma tendresse;
Mais quand d'un sort obscur l'apparente bassesse
Du faîte des grandeurs eût dû vous éloigner,
Vous le savez, mon cœur vous auroit fait règner :
Et lorsqu'aux demi-Dieux le sang vous a liée,
Que fille d'un Héros, à Trajan alliée,
Ce lustre orne mon choix & pare vos vertus,
Il me faut commencer à ne vous aimer plus !
Je n'ai pu de Placide honorer la conquête ;
Mais si sa fille au moins eût pu ceindre sa tête
Du bandeau dont le pere a relevé l'éclat,
J'étois heureux, Madame, & n'étois point ingrat.
Adieu.

ATTILIE.

Seigneur.

ADRIEN.

Parlez, ordonnez.

ATTILIE.

Que mon pere...
(*à part.*) Au piège qu'il me tend ne puis-je me soustraire ?
Que mon pere soit libre, & l'Univers surpris
Verra de son salut sa fille être le prix.

ADRIEN.

Ah ! mes vœux sont comblés. Vous allez voir Placide.
Je cours vous mériter, Madame.

SCÈNE X.

ATTILIE, PAULINE.

ATTILIE.

Ainsi, Perfide,
Ainſi tu m'as conduite à promettre un forfait.
De ton projet affreux, va, n'attends point l'effet;
Va, je n'accepte point un rang que tu profanes.
De mon frere immolé j'en atteſte les mânes.
Le Tyran s'eſt hâté; par une trahiſon
Il l'a, pour l'égorger, tiré de ſa priſon:
Il m'en fermoit l'accès quand j'y portois mes larmes,
Et ſes ſermens trompeurs enchaînoient mes allarmes.
Mon frere! il m'a ravi juſqu'au triſte plaiſir
De joindre mes ſanglots à ton dernier ſoupir,
De te montrer du moins ta ſœur dans Attilie.
C'eſt mon amour, c'eſt moi qui te coûte la vie.
Tu mourus mon Amant, ô Ciel! & ma douleur
Ne doit à ton trépas que des larmes de ſœur!
Mais lorſque tu n'es plus qu'une cendre muette,
Qu'importe ſous quel titre, hélas! je te regrette?
Mes regrets ſeront-ils jamais trop étendus?
Et criminels ou purs, en ſont-ils moins perdus?
Inſpire-moi, deviens mon guide, mon génie;
Sois l'ame de ta ſœur, Ombre à jamais chérie.
J'ai d'un pere captif dû rompre les liens;
Il ſuffit. Conſultons & tes droits & les miens.
Après tant de malheurs n'aſpirant plus à vivre,
Je puis punir un Traître, & me perdre, & te ſuivre.

Fin du quatrième Acte.

ACTE V.

SCÈNE PREMIERE.

ATTILIE.

Que fais-je encor ? Fuyez, vains & lâches regrets.
Ah ! pour le désespoir les pleurs ne sont point faits...
Quoi ! mon frere n'est plus ! Son assassin respire !
Le sort en est jetté. Je le veux. Qu'il expire.
Je l'ai promis, Maxime, oui, tu seras vengé.
Mon pere de ses fers doit être dégagé ;
Je l'attens. C'est à lui de me servir de guide ;
La chûte d'un Tyran est digne de Placide.
Que dis-je ? ai-je oublié que son aveugle foi
Pour son propre ennemi l'armeroit contre moi ?...
Hé bien, je saurai seule exterminer le crime.
Oui, jusques dans César... Sa perte est légitime :
Mon injure effaça tous les droits de son rang,
César n'est rien pour moi sur un trône de sang.
A peine de mon frere il a proscrit la tête,
D'nn détestable hymen il prépare la fête ;
Et d'une sœur en pleurs les malheureux appas
Dans ses bras meurtriers paîroient ses attentats.
En l'état où je suis, tremblante, épouvantée,
Mon frere, je verrois ton Ombre ensanglantée,
Près de l'Autel placée entre les deux Epoux,
L'œil en feu, me montrer la trace de tes coups :
J'entendrois une voix, du fond de ta blessure,
De ces indignes nœuds me reprocher l'injure ;

Et par toi repoussée,.. ah ! grands Dieux ! ah ! ta sœur
Aux pieds de l'Autel même expireroit d'horreur.
Aujourd'hui cependant cet hymen tyrannique
De notre auguste père est la rançon unique ;
Mais qu'un seul coup enfin, puisqu'il n'est point de choix,
Te venge, m'affranchisse, & le sauve à la fois.
Si la Loi le défend, la Nature l'ordonne...
Je me trouble... Quel est le danger qui m'étonne ?...
L'heure approche où César s'est promis de me voir.
Qu'il se trouve à son tour trompé dans son espoir.
De mon appartement le calme & le silence,
Le voile officieux de la nuit qui s'avance,
Le lieu qui de mon bras pourra cacher l'effort,
Vont livrer le Tyran aux piéges de la mort.

SCÈNE II.

ATTILIE, PAULINE.

ATTILIE.

Que tu tardes ! hé bien, dis-moi, suis-je exaucée ?
Mon père....

PAULINE.

Est libre enfin. Sa grace est prononcée,
Madame, je l'ai vu s'avançant vers ces lieux.
Son ami l'accompagne.

ATTILIE.

Ainsi, graces aux Dieux,
Il est en sûreté... Va m'attendre, Pauline.

SCENE

SCÈNE III.

ATTILIE.

Vengeons-nous donc... Vous même, ô Trajan, vous Sabine,
Il vous outrage... Et toi, l'objet de sa fureur,
Dieu que Placide croit, peux-tu voir sans horreur
Ces flots du sang des tiens où le Tigre se plonge ?
Viens conduire mes coups, si tu n'es point un songe :
D'un ennemi commun viens te venger par moi.
Alors je te respecte, & j'embrasse ta Loi.
Avançons... O Trophée, ô dépouille étrangère !
Témoin cher & sacré des exploits de mon père,
Du pouvoir d'Adrien fastueux monument,
Prêtez-moi pour sa mort un heureux instrument.

(*Elle arrache un dard du Trophée & l'emporte.*)

Mon pere vient ! fuyons.

SCÈNE IV.

PLACIDE, JUSTIN.

PLACIDE.

Dans tes transports de joie
Ta générosité se peint & se déploie ;
Et si je suis absous, Ami trop courageux,
Ma grace, je le vois, est ton ouvrage heureux.

JUSTIN.

Non, & dans vos revers enveloppé moi-même,
Un exil m'entraînoit loin du Héros que j'aime.

J'étois puni, Seigneur, d'estimer vos vertus.
Prêt à partir, mes pas ont été retenus...

PLACIDE.

Ainsi donc mes malheurs ont changé ta fortune:
L'amitié d'un Proscrit est toujours importune.
Mais l'orage a fait place à la tranquillité,
Je vois la paix renaître avec la liberté.
Sans doute sur mon fils elle s'est étendue.
Ta présence, mon fils, m'est-elle aussi rendue?...

JUSTIN.

Dois-je l'instruire?

PLACIDE.

Parle.

JUSTIN.

Avec vous il sortoit.
En d'affreuses prisons on vous précipitoit.
Le même ordre, frappant une double victime,
Portoit sur l'échafaud l'infortuné Maxime...
Son courage a paru plus grand que son malheur;
Sous le fer des bourreaux on l'eût dit un Vainqueur.
Mais enfin...

PLACIDE.

Il n'est plus! Dieu! soutiens ma constance.
De ses vertus déja tu fais la récompense:
Ote-moi ces regrets que condamne ma foi;
J'ai gémi, je t'adore, & je ne plains que moi.
Il est mort! & ton maître ose m'offrir ma grace:
Quel trait de cruauté! quelle imprudente audace!
Sait-il qu'aimé d'un camp prêt à me soutenir,
Si j'ai pu le venger, je pourrois le punir?
Sait-il... Mais non, l'Ingrat sait qu'il n'a rien à craindre,

Que je puis tout oser, & ne veux rien enfreindre;
Que respectant le rang dans l'abus du pouvoir,
Je sens son injustice, & connois mon devoir.
Rome offre à la Vengeance un encens sacrilége;
On la croit d'un cœur fier le noble privilége.
Plus sublime, ma Loi sait lui marquer son rang.
Qui se venge est coupable, & qui pardonne est grand.
Mon fils est mort ! Enfin quelle pitié cruelle
A ce jour odieux, sans mon fils, me rappelle !
Pourquoi, lorsqu'il mouroit, m'envier le trépas ?
Etoit-il criminel, si je ne le suis pas ?

JUSTIN.

Héros infortuné, mais moins que magnanime,
Une fatalité vous enlève Maxime.
Trop tard de son erreur César s'est convaincu;
Il frappoit son Rival; votre fils eût vécu.
Tout m'excite à le croire; on immoloit sa vie
A la Religion moins qu'à la jalousie.
Mais enfin, si vos maux pouvoient se soulager,
Celui qui les a faits a paru les venger.
Honteux de ses fureurs, touché de vos disgraces,
Adrien du passé veut effacer les traces,
Et prouvant ses remords par d'utiles effets,
Il veut à ses rigueurs égaler ses bienfaits.

PLACIDE.

Hé ! que pourroit me rendre une main si funeste ?
Mon fils revivra-t-il ?

JUSTIN.

Une fille vous reste,

Et César va par elle affoiblir vos douleurs,
Par elle il vous élève au faîte des honneurs.

PLACIDE.

Que vas-tu m'annoncer ?

JUSTIN.

Il épouse Attilie.

PLACIDE.

Barbare, laisse-moi, tu m'arraches la vie.
En est-ce donc assez ? Pere trop malheureux !
Des coups qu'on me porta, voilà le plus affreux.
Et ma fille se prête à ce lâche hyménée !
Au bourreau de mon fils ma fille s'est donnée !

JUSTIN.

S'immoler pour son père est son premier objet.

PLACIDE.

Je te comprens. Ma vie est le prix du forfait.
Non, non : Un tel hymen est digne qu'on l'abhorre.
La nature en frémit. Et souffrirois-je encore
Qu'Idolâtre obstinée, & femme d'Adrien,
Enchaînée à l'erreur par ce nouveau lien,
Ma fille, d'un Tyran épousant la furie,
Des larmes des Chrétiens abreuvée & nourrie,
Peut-être dans leur sang se baignant comme lui,
D'Autels qu'il faut briser devînt l'injuste appui,
Levât sur l'innocence un glaive sanguinaire,
Et fît par tant d'horreurs gémir le cœur d'un pere ?

JUSTIN.

Jugez mieux, & bientôt captivant son époux,
Elle obtiendra pour eux ce qu'elle obtient pour vous.

PLACIDE.

Je cours chez elle. Adieu. Si j'ai quelque puissance,
Il faudra qu'elle rompe un hymen qui m'offense.

SCENE V.

JUSTIN.

Que va-t-il entreprendre ? & quel nouveau transport
Le remet dans l'orage à l'approche du port ?
Il va chercher sa perte, & la trouver peut-être.
Sans doute il a des droits; mais César est le maître.
L'amour dicta sa grace, & l'amour outragé
Peut l'accabler du bras qui l'avoit protégé.
Falloit-il l'arracher aux déserts de la Thrace ?
Hélas ! un jour de pompe est un jour de disgrace.
S'il trouve deux enfans, tous deux font ses douleurs.
L'un meurt; l'hymen de l'autre achève ses malheurs.
Ce couple qui long-temps orna la Cour Romaine,
Dieux ! n'étoit-il pour lui qu'un don de votre haine ?
Ne persécutez plus un Héros de ce rang:
S'il quitta vos Autels, il n'en est pas moins grand. . :
Mais quels cris m'ont frappé ? Quel bruit se fait entendre ?
D'une vive terreur je ne puis me défendre.

SCÈNE VI.

ADRIEN, JUSTIN, GARDES.

ADRIEN.

Soldats, vous m'entendez, allez & laissez moi. . .
Je suis saisi d'horreur, de colère & d'effroi.

Quel infâme complot ! quel forfait vient d'éclore !
Ah ! malheureux !

JUSTIN.

Seigneur. . . .

ADRIEN.

Dieux vengeurs que j'implore !. .
Sur mon Trône, Justin, sa fille alloit s'asseoir.
Chez elle je me rends, plein d'un crédule espoir.
J'entre. Déja la nuit y répandoit son ombre.
Soudain un fer cruel brille dans ce lieu sombre.
Je recule. Le fer s'avance sur mon sein.
Quelqu'un arrive alors : sa secourable main
A su du meurtrier parer le coup barbare.
J'ignore à qui je dois un service aussi rare ;
J'ignore quel mortel je dois récompenser.
Je sais sur qui ma foudre au moins doit se lancer ;
Et déja du Palais au supplice on le traîne.
J'aurois pu deviner le coupable à ma haine ;
Mais le Traître a parlé ; j'ai reconnu sa voix.
Et quel autre, grands Dieux, qu'un ennemi des Loix,
Un rebelle, un Chrétien...

JUSTIN.

Quelle erreur !

ADRIEN.

Le perfide !

JUSTIN *à part.*

Sans trahir l'Empereur, courons servir Placide.

SCÈNE VII.

ATTILIE, ADRIEN, PAULINE.

ATTILIE.

C'EST moi-même, Adrien, & j'ose te revoir.
Par cet effort conçois jusqu'où va mon devoir.
De tes Licteurs armés la troupe sanguinaire
Entraîne à l'échafaud mon infortuné pere.
Sa fille évanouie auroit dû les toucher :
Les Cruels, de mes bras sont venus l'arracher.
Prends-y garde, César : ton aveugle imprudence
Te fait souiller les mains du sang de l'innocence.
Que dis-je ? En te voulant venger avec éclat,
Ton cœur est plus qu'injuste, il est encore ingrat.

ADRIEN.

Quittez ce ton si fier, & répondez, Cruelle.
Si Placide vous semble un sujet si fidelle,
Quel monstre est l'assassin ?

ATTILIE.

Tu l'as donc ignoré.
Moi. Je portois le coup, Placide l'a paré.

ADRIEN.

Vous, inhumaine, vous ! Oserai-je le croire ?
(*à part.*) Auroit-elle eu jamais une audace si noire ?
Ah ! de tous vos complots je dois me défier,
Et vous vous accusez pour le justifier :
Croyant me désarmer, vous vous chargez du crime.
Mais un tel attentat veut plus d'une victime.
Tremblez même pour vous.

ATTILIE.

Et vous le proscrivez !

Et voüs ôtez la vie à qui vous la devez !
Et vous faites périr le soutien de l'Empire !
Cieux ! vous n'éclatez pas, quand l'Innocent expire,
Ah ! je le perds du coup qui devoit le venger,
Il vivoit, j'ai donné le fer pour l'égorger...
Mais pourquoi m'imputer cet affreux parricide,
A conspirer ta mort tu me forças, Perfide.
Si tel fut mon devoir, quelque sort qu'il ait eu,
Le crime est tout à toi, je reprens ma vertu.
Achève, achève enfin, Bourreau de ma famille,
Il ne te manquoit plus que le sang de la fille.
Vois ta rage assouvie.

(Elle se frappe.)

ADRIEN.

Arrêtez.

ATTILIE *jettant le poignard.*

C'en est fait,
Et te voilà chargé d'un troisième forfait.
Je n'ai pu me venger, mais je suis affranchie.

(Elle s'éloigne de quelques pas & s'arrête.)

Pendant ce temps, ADRIEN.

Je la perds ! Dieux !.... Sa main l'a justement punie....

ATTILIE.

Tu le vois. Je n'ai plus d'espoir, plus d'intérêt.
Je meurs. Déja mon pere a subi son Arrêt.
Pour que ton ame au moins de remords soit remplie,
Je te le jure encore, il t'a sauvé la vie.

SCÈNE VIII.

ADRIEN, ATTILIE, JUSTIN, PAULINE.

JUSTIN.

Oui, vous lui devez tout : je me jette à vos pieds,
Il faut, Seigneur, qu'il vive, ou que vous m'immoliez.

ADRIEN.

C'en est fait... Tout m'agite, & me devient contraire.
Qu'as-tu dit ? Que veux-tu ? Placide...

JUSTIN.

Il vit.

ATTILIE.

Mon père !

JUSTIN.

On l'amène. Ordonnez ma mort, ou mon pardon.
J'ai dans un ordre feint employé votre nom.

SCÈNE IX.

PLACIDE, ATTILIE *assise*, ADRIEN, PAULINE, JUSTIN.

PLACIDE.

Seigneur... Mais qu'apperçois-je ?.. O Ciel ! ma fille expire.
Ma fille !.. Elle est sans voix, à peine elle respire :
Un nuage mortel se répand sur ses yeux.
Voilà donc quel objet m'attendoit en ces lieux.
Un ordre a différé ma mort déja présente.
Je viens : je vois ma fille immobile, sanglante.

ADRIEN.

Quel ſpectacle !

PLACIDE.

Seigneur ! qu'on me rende au trépas.
O fille trop chérie, & trop coupable, hélas !
Quoi ? du ſein des forfaits tu deſcends aux abîmes !

ATTILIE.

Quels cris ! mon pere ! Vous !

PLACIDE.

Grand Dieu ! tu la ranimes.
Ma fille, entends ma voix... Aſſis au haut des airs,
La foudre dans les mains, & rayonnant d'éclairs,
Un Dieu va te juger... Répare tes outrages.
Que tes derniers ſoupirs ſoient pour lui des hommages...
Par ce frere ſi cher dont tu vengeois la mort,
Mais qui vit, qui triomphe, & t'invite à ſon ſort :
Par moi, par ton danger qui redouble mes peines,
Par mes pleurs, par ce ſang qui coule de tes veines.
O ma fille!

ATTILIE.

O mon père!

PLACIDE.

Exauce enfin mes vœux.

ATTILIE.

Ce Dieu pardonne-t-il ?.. Ah ! mon crime eſt affreux,
Céſar... Vous, des Chrétiens voyez le caractère.
Je mépriſai leurs Loix, & je fus meurtriere :
Vous répandez leur ſang, un d'eux vous a ſauvé...
Rendons gloire à l'Auteur de ce Culte élevé.
C'eſt en Dieu qu'il vous venge, il me châtie en père.
Je meurs... Sois-moi propice, Etre que je révère....

Mais quel rayon soudain ! Je revis. Quelle voix !
C'est mon frere ; il m'appelle, il m'attend. Je le vois.
Ah ! mon frere !

PAULINE.

Elle expire !

(*On emmène Attilie, & Placide la suit.*)

SCÈNE DERNIERE.

ADRIEN, JUSTIN.

ADRIEN.

Et c'est moi qui l'immole.
O de mon cœur cruel chère & sanglante Idole !
Dieux ! qui me l'enlevez ! Dieux sévères ! Pourquoi...
Rendez-moi donc d'abord la mort qu'elle portoit sur moi.
Consacrons sa mémoire, & ma douleur profonde ;
Que son trépas, Justin, donne la paix au Monde.
Tous les Edits portés en haine des Chrétiens,
Je les suspends. Déja sur trop de Citoyens
J'ai de mon zèle aveugle exercé la furie.
Par trop de piété souvent l'on est impie.
J'ai pu sur de vains bruits prononcer au hasard.
Voyons tout de plus près ; si leurs dogmes à part,
Je trouve des cœurs droits, des mœurs sages & pures,
Dieux ! prenez seuls le soin de venger vos injures.
Que l'on soit Citoyen, à mes yeux il suffit.
Est-ce un crime d'Etat qu'une erreur de l'esprit ?

Fin de la Tragédie.

A LIEGE ; & se trouve

A Paris, chez A. F. QUILLAU, Imprimeur-Libraire, rue du Fouarre.

ERRATA.

DANS le Difcours préliminaire, page iv ligne 4, ont peine à s'élever, *lifez* ont peine à s'y élever.

Dans la Piéce, à la p. 48, premier vers de la Scène II, *lifez* D'indignes trahifons complice audacieux, fans le point & la virgule entre trahifons & complice.

A la p. 52, fixieme vers, s'li meurt, *lifez* s'il meurt.

REMARQUES

Historiques & Critiques sur la Tragédie d'Attilie.

PLACIDE, qui doit être regardé comme le Héros de cette Pièce, quoique l'Auteur l'ait intitulée *Attilie*, étoit un Capitaine Romain, que sa valeur éleva au rang des Guerriers les plus célèbres ; il se signala sous Vespasien & sous Titus dans la guerre contre les Juifs. L'Historien Joseph, en parlant de Placide, donne une grande idée de son courage.

Ce Héros se détacha du Culte des Idoles, & embrassa la Religion Chrétienne dans un temps où elle attiroit l'exil & les persécutions sur ses adorateurs. Si l'on en croit l'Historien de sa vie, sa foi naissante fut exposée à de terribles épreuves. Il avoit une femme qui lui étoit chère ; il s'en vit séparé par la perfidie d'un Pilote. Il lui restoit deux fils ; deux animaux féroces les lui enlevèrent sous ses yeux : accablé de douleur, il alla cacher ses larmes dans une retraite obscure, où il passa près de vingt ans.

Une guerre cruelle ayant depuis désolé l'Empire, le souvenir des exploits de Placide se réveilla dans les esprits. *Trajan*, dont le règne heureux expiroit, promit des récompenses à ceux qui découvriroient le lieu où s'étoit retiré ce Guerrier paisible & solitaire. On le trouve ; il est mis à la tête des Légions Romaines ; il remporte une victoire éclatante ; mais cette victoire même l'expose à un danger plus grand que tous ceux qu'il a essuyés dans le cours d'une vie orageuse. Le Successeur de Trajan, Adrien, lui décerne les honneurs du Triomphe, & ordonne que l'on fasse un Sacrifice solemnel aux Dieux. Placide refuse de porter son encens aux Divinités du mensonge; il a le courage de déclarer qu'il est Chrétien. L'Empereur, l'un des plus implacables ennemis du Christianisme, oublie à l'instant tout ce qu'il doit à ce Héros, & le condamne à la mort, lui, & ses fils, qui, sauvés tous deux du péril dont leur enfance avoit été menacée, s'étoient enrôlés dans les Troupes de l'Empire, & avoient servi sous Placide, qu'ils eurent le bonheur de reconnoître pour leur pere.

Tels sont les faits, vrais ou faux, mais consacrés par l'Histoire, que l'Auteur d'Attilie a adaptés au Théâtre. Il a usé du pouvoir qu'ont les Poëtes de plier la vérité à l'intérêt de leur sujet & aux règles qui leur sont prescrites, en faisant Placide père d'Attilie & de Maxime, quoique l'Histoire ne lui donne que deux fils; & en adoucissant le caractère d'Adrien, qui, après avoir éxercé contre les Chrétiens la persécution la plus sanglante, crut faire par la suite un acte de justice, en défendant qu'on ôtât la vie à aucun d'eux sans une conviction juridique.

Mais il est certain que cet Empereur, qui devoit en partie le Trône à son mariage avec Sabine, petite niece de Trajan, n'eut jamais d'attachement pour cette Princesse, qui réunissoit cependant aux vertus de ſon ſexe les graces de la beauté. Les Hiſtoriens nous apprennent qu'il eut pour elle une averſion ſi marquée, qu'il la menaça pluſieurs fois de la répudier, & abrégea même ſes jours.

Le ſujet qu'a traité l'Auteur d'Attilie eſt, comme on le voit, vraiment dramatique. Mais ce n'eſt pas aſſez pour celui qui oſe courir la carrière périlleuſe du Théâtre, que d'avoir trouvé un ſujet heureux; il faut qu'il en faſſe ſortir une grande vérité; ſans cela, ſa Pièce ſera comme une fable qui n'auroit point de morale.

La Tragédie n'a pas ſeulement pour objet de préſenter ſous les regards de l'homme une action pompeuſe, un événement terrible, de faire mouvoir d'illuſtres perſonnages; il faut qu'elle laiſſe dans l'ame un ſentiment profond. Il ne ſuffit pas au Poëte dramatique d'être Peintre, d'employer avec art le coloris de la verſification, de deſſiner de grands caractères; il doit encore être Philoſophe, Légiſlateur; il faut qu'il éclaire les Rois, les Pontifes, les Sénateurs; qu'il répande la lumière ſur la foule attentive; voilà par quels degrés il s'élève à la ſublimité de ſon art; voilà par quels moyens il emporte l'admiration des Spectateurs, & mérite la reconnoiſſance de l'humanité qui doit le compter au nombre de ſes bienfaiteurs.

Le but que l'Auteur d'Attilie ſemble s'être propoſé, c'eſt d'établir cette maxime importante ſur laquelle repoſe la tranquillité des Empires, cette vérité ſublime, que les intérêts de la Religion, tout ſacrés qu'ils ſont, n'autoriſent jamais à violer les droits des Puiſſances de la terre; & il faut avouer qu'il l'a développée d'une maniere forte & impoſante :

Sait-il qu'aimé d'un camp prêt à me ſoutenir,
Si j'ai pu le venger, je pourrois le punir ?
Sait-il... Mais non, l'ingrat ſait qu'il n'a rien à craindre;
Que je puis tout oſer, & ne veux rien enfreindre;
Que reſpectant le rang dans l'abus du pouvoir,
Je ſens ſon injuſtice, & connois mon devoir.

Dans un autre endroit, Placide dit :

Sachez que des Chrétiens cette divine Mere,
Sur la terre exilée, en ce monde étrangère,
Jalouſe ſeulement d'y conquérir les cœurs
Par l'attrait des vertus & l'exemple des mœurs,
Quoi qu'elle ait à ſouffrir, n'a jamais pour défenſe
Que la ſoumiſſion, les pleurs & l'innocence :
Tel eſt ſon art unique; & ſans nos vains ſecours,
Plus forte par l'orage, elle vaincra toujours.
Un temps, un temps viendra que libre & reſpectée,
Aſſiſe ſur le Trône, aux deux pôles portée,
Reine des Souverains & des Peuples divers,
Ses rameaux étendus couvriront l'Univers.

Ce qui donne un nouveau prix aux Tragédies, c'eſt lorſque l'Auteur anime ſon Poëme par des faits Hiſtoriques; qu'il rapproche de nos foibles regards la majeſtueuſe Antiquité, & lui dérobe ces ornemens que le génie ne rougit jamais d'employer. Ainſi, par exemple, on aime à voir dans

Attilie

Attilie un Tableau de l'ancienne Rome, une description du genre de vie de Placide dans sa solitude, une image du Triomphe, à la suite de laquelle est cette réflexion fine & juste, que rarement les Césars avoient permis que ce spectacle frappât les regards du Peuple, parce que

Il sembloit à leurs yeux intercepter peut-être
L'hommage & les honneurs réservés pour le Maître.

Les Poëtes dramatiques qui enrichissent tous les jours notre Théatre, s'occupent beaucoup, & avec raison sans doute, de l'effet que produiront leurs Piéces sur la Scène ; ils emploient tout leur art pour donner du ressort aux passions, pour ménager & aggrandir l'intérêt, pour répandre l'étonnement. Leurs personnages ont de l'éclat ; leur Poésie est semée d'idées Philosophiques ; mais ils ne peuvent pas trop se pénétrer du génie des hommes & des Peuples dont ils représentent les actions héroïques, afin de ne nous pas donner seulement de beaux portraits, mais des portraits ressemblans.

Dans le *Cid*, ce sont vraiment de fastueux & braves Espagnols que l'on voit, que l'on entend ; leur jactance & l'énergie de leurs passions y sont fortement exprimées. On reconnoît dans Joad un Pontife animé de cet esprit de confiance qui caractérisoit le Peuple de Dieu. Le farouche Zamore a tous les traits d'un Sauvage fier & indomptable.

L'illusion est complette, lorsque dans Rhadamiste l'on entend Pharasmane défier les Romains.

L'Auteur d'Attilie s'est sur-tout attaché à cette partie essentielle de l'Art Dramatique. Placide a le courage, la fermeté & le noble dédain qui distinguoient les premiers Chrétiens, & leur faisoient braver la mort. Adrien paroît jusqu'à l'avant derniere scène, animé par ce sentiment de haine qui en a fait un ardent persécuteur du Christianisme.

Mais il est tems de mettre sous les yeux de nos Lecteurs le jugement que porterent de cette Tragédie les Auteurs des Ouvrages périodiques. « Cette Piéce, disoit le Journal de Trevoux, n'a » point été donnée au Théatre, & c'est pour cela » que nous en disons un mot : elle mériteroit une » discussion & des éloges dans les formes. Nous y » avons remarqué des situations, de l'élévation, » du sentiment, & une versification communé» nément belle.

L'Auteur du Mercure en rendit un compte plus détaillé : il la suivit d'Acte en Acte, & presque de scène en scène, appliquant par-tout des réflexions aussi justes qu'honorables pour l'Ouvrage.

» Placide, dit-il, est un Pere tendre, un Héros » magnanime, un Chrétien zélé, mais sage & pru» dent, Grand homme, & homme du monde.

C'est, continue le même Journaliste, « sur » ce ton de raison & de dignité, & d'une manière » également éloignée de la pesanteur théologique

» & des emportemens du Fanatiſme, que la Reli-
» gion eſt traitée dans tout le cours de l'Ouvrage ».

Quant à la diction, ajoute-t-il, « quelques fautes » de correction, quelques termes impropres, & » quelques expreſſions métaphoriques, y ſont ra- » chetées par beaucoup de vers ingénieux, heu- » reux & harmonieux ».

On oſe aſſurer que ces défauts ſi excuſables dans l'Ouvrage d'un jeune Poëte, qui ſouvent ſe laiſſe trop emporter par l'enthouſiame & la chaleur de ſes penſées, ne ſe retrouveront pas dans l'Edition que nous donnons aujourd'hui. L'Auteur les a fait diſparoître dès le tems où les Repréſentations de ſa Pièce les lui rendoient plus ſenſibles. Son goût plus éclairé lui a fait auſſi ſupprimer quelques longueurs.

Le Mercure cita beaucoup de ces vers qui rendent la Poéſie brillante, parce qu'ils peuvent s'iſoler à cauſe de leur préciſion ; parce qu'ils offrent, ou une image, ou un ſentiment, ou une idée élevée ; & en effet, la Tragédie d'Attilie en raſſemble pluſieurs de ce genre :

Mais vos Dieux valent moins que leurs Adorateurs.

On ſait ce qu'il a fait ; qu'importe ce qu'il croit ?

Si la Loi le défend, la nature l'ordonne.

Eſt-ce un crime d'Etat qu'une erreur de l'eſprit ?

Le Dialogue entre Adrien & Placide en offre qui approchent de la manière vive & ſerrée de

Corneille : l'antithese y devient précieuse, parce qu'elle rend l'objection plus forte, la réponse plus éclatante, & n'occupe qu'un hémistiche.

En parlant de la Religion Chrétienne,

ADRIEN dit :	PLACIDE.
Elle est née en nos jours.	Mais pour être immortelle.
Avec elle est l'opprobre.	Et la gloire après elle.
Elle est par-tout proscrite.	Et s'accroît en tout lieu.
D'un Juif elle est l'ouvrage.	Elle est Fille d'un Dieu.

Nous le répétons : il n'a manqué à la Tragédie d'Attilie, pour être connue & estimée autant qu'elle mérite de l'être, que la pompe de la Représentation. Aussi cette portion impérieuse du Public, que l'on nomme *le Parterre*, & qui finit toujours par mettre un juste prix aux talens, fit-elle à cette Tragédie l'honneur de la demander aux Acteurs, à différentes reprises, après que l'impression l'eut rendue publique. Cette anecdote a été rapportée diversement par des Auteurs de Notices, qui auroient pu s'éviter des contradictions, s'ils eussent consulté le Dictionnaire portatif des Théatres ; ils y auroient vu au mot *Attilie* : *Quelques jours après que cette Piéce fut imprimée, le Parterre demanda qu'elle fût représentée.* Mais la vérité qui n'offense personne, paroît si fade à tant de Lecteurs, que bien des Ecrivains se permettent d'y mêler le sel de la satyre pour la rendre plus piquante.

FIN.

www.ingramcontent.com/pod-product-compliance
Ingram Content Group UK Ltd.
Pitfield, Milton Keynes, MK11 3LW, UK
UKHW020309220726
13923UKWH00003B/1039